徳間文庫

竜宮ホテル

魔法の夜

村山早紀

徳間書店

目次

扉イラスト／遠田志帆
扉デザイン／bookwall

竜宮ホテル

Hotel du paradis

魔法の夜

Night of magic

村山早紀

登場人物

・水守響呼　風早の街在住の作家。先祖の娘が妖精から授かった祝福の力によって、異界の住人たちを左の目で見ることができる。
・ひなぎく　妖怪の隠れ里から来た猫耳の少女。響呼を姉のように慕っている。
・錦織寅彦　櫻文社の若き編集者。父は辰彦。
・草野辰彦　クラシックホテル竜宮ホテルのオーナー兼経営者。一流の俳優でもあり、ベストセラー作家でもある。本名は錦織辰彦。
・錦織羽兎彦　寅彦の曾祖父。華族の若者。竜宮ホテル創設者にして冒険家。物語めいた逸話の多い人物。魔法や錬金術に興味を持っていたともいう。
・檜原愛理　響呼の高校時代の同級生。竜宮ホテルにあるコーヒーハウス『玉手箱』でアルバイトをしている、ストリートミュージシャン。心優しいが故に、行き場のない動物たちの霊になつかれやすい。
・佐伯銀次郎　元サーカスの魔術師。今は竜宮ホテルで働いている。知的で柔和な老人。
・月村満ちる　美人で売れっ子の少女漫画家。
・小鳥遊悠介　読書家の異国の老紳士。自称霊能力者。
・日比木健一郎　高校二年生。タイムマシンに乗ってやってきた未来少年。
・星野ゆり子　ホテルの温室でピアノを奏でる、戦前の女学生。つまりは幽霊。
・鷹野真一郎　他界した響呼の父で医師。生前は数々の国で医療活動をしていた。

第一話

死神の箱

十二月初めのある早朝、数晩続けての徹夜の末、ついに物語は書き上がった。死闘は甘美な勝利に終わり、わたしは口元に笑みを浮かべつつ、原稿をメールに添付して、担当編集者あてに送った。

「終わったあ……」

のびをしながら、ヘッドホンを外す。原稿に集中するためにずっとQC15を使っていたので、外したとたんに、周囲の音が押し寄せてきた。側圧で耳の辺りが痛い。かわいい寝息が聞こえた。小さな寝台に身を寄せ合うように寝ている、猫耳の少女と二匹のくだぎつねたちの寝息だ。仕事用のノイズキャンセリングヘッドホンは、騒音と一緒に、こんな優しい音さえも消し去ってしまう。

わたしは微笑み、深く息をついた。自分のため息の音さえも、久しぶりに聞いたようで、どこかしら遠い国から帰ってきたところのように思えるのだった。

部屋の中は薄暗い。でもそれはどっしりと重い豪奢なカーテンのせい。ガラス窓の向こうはもう夜が明けていて、隙間には白い光の線が見えた。ホテルの閉ざされた窓の向こうの、ひんやりとした空気を幻のように肌に感じた。

開けたままのノートパソコンが、メールを受信したことを教えてきた。

まだ六時台だもの、いつも遅刻ぎりぎりまで寝ているはずの担当編集者が原稿の受信に気づくのはもっとあと、出社してからだろうと思っていたのだけれど、件名は「原稿拝受いたしました」だった。本文は短い。「お疲れ様でした！　感想はのちほど」。

この時間だと枕元に置いていたタブレットかスマートフォンで受信したのかな、と思う。

まさか一晩起きて待っていた、なんてことはないはずだけれど……いやこの編集さんは真面目だから、その可能性もなくはない。ましてや今回は全五作の物語の完結編、第五巻。企画をともにたちあげた彼女にも愛着がある物語だったので、そうしていたとしても不思議ではなかった。一作目からするともう三年も書き続けてきた物語の、これが終わりになる原稿だ。最初は単発で終わるはずだった作品が、好評を博して二作三作と続き、思いがけない広がりを見せての大団円で惜しまれつつ終わることが出来たのだった。

ごめんなさい。出社の時間までこのあと少しは眠れるといいのだけれど。

わたしはいててて、と硬くなった腰に手を添えて立ち上がりつつ、窓辺に向かった。

ひなぎくを起こさないように、音を立てないように、そっと、カーテンを開ける。

外は白かった。真珠めいた色の薄明かりに包まれている。霧の朝だ。海のそばに建つこのホテルは、秋冬とよく朝は霧に包まれ、徹夜を繰り返す職種についているわたしは、何度も霧に包まれた夜明けをこの窓から見た。

今朝の霧はひときわ濃く見える。魔法や不思議なことが始まりそうな、そんな予感さえ感じさせる、謎めいた、深く美しい霧だった。古いホテルはミルク色の霧に包まれて、まるで魔法の国に向けて窓が開いているようだった。

(人魚のうたう声が聞こえてくるみたい)

都会に出てきた人魚の女の子の恋と冒険の物語を書いていた。夜明けの海で彼女のうたう、美しいその声の描写がラストシーンだった。

耳の底にたしかにかすかな歌声を聞いたような、と思ったのは、徹夜明けで頭がぼうっとしていたのと、食べ物を何時間前に口にしたのか、わたし自身がまるで覚えていない、という――つまり血糖値が圧倒的にたりていないせいだろうと自分でわかっていた。それか、真夜中からヘッドホンでずうっと聴いていた様々な音楽の、その残滓《ざんし》が耳の底にわだかまり、旋律同士が共鳴し合っている、そのせいなのかも知れない。

「うう、耳鳴りがする……」

耳の穴に指を入れて、再度ため息をつく。

「ゲラになって戻ってくるまで一週間として、しばらくはのんびりできるかなあ」

ミルク色の空を見ながらつぶやいた。

ひなぎくに十二月の街を見せてあげられるくらいには、休みが取れるだろうか？

黒い猫の耳をのぞかせて眠っている、妖怪の少女の方を見やりながら、わたしは思う。

血のつながりはないのだけれど、わけあってこのわたしを姉と慕うこの優しくけなげな少女に、ひとの街の十二月の美しさを見せてあげたかった。人間の年齢にして十二歳ほどのこの子は、山奥にあるという妖怪たちの隠れ里で育ち、ひとの世界に憧《あこが》れていたらしい。現代日本の綺麗なもの珍しいものを見るたびに目を輝かせるこの子に、初めて見るクリスマスの街はどれほど美しく見えるだろう。見上げるほどに大きなクリスマスツリーやデパートの正面玄関の飾り付けや。そんなものを見せてあげたくて、どんなに見とれるだろうと想像できてしまって、わたしは自分の頬がほころぶのを感じるのだった。

カーテンをそっと閉じ、さて歯磨きでもして少しは寝ようかと思ったとき、薄明るい部屋の中の鏡に映る自分の姿につい苦笑してしまう。目の下にはくま、量の多い癖っ毛はまるで山姥《やまんば》のよう。猫背の具合にも磨きがかかっている。――突如としてできた妹に、お姉様と慕われるからには、もうちょっと若手の女流作家らしい、見目麗しい姿に戻ってあげないと、と思った。いやまったく、誰だってそう思うと思うのだ。あの黒く澄んだ瞳で見つめられ、細い声で、「お姉様」と呼びかけられれば。邪気のない表情で微笑まれれば。

「——少なくとも、ゲラが戻ってくるまでは、人間らしい綺麗な姿でありたいなあ、うん」

タートルネックのセーターの上に羽織ったどてらを脱いで、ライティングデスクの椅子の背にかけながら、わたしはひとりうなずく。

一週間後にゲラが出てきて、今回はスケジュールに余裕がないので三日でそれを編集部に返して。そのおよそ一週間後に今度は再校ゲラが戻ってくる。それをまた数日で編集部に返して。それでクリスマス前には見本ができあがって、一月初めに書店に並ぶ本になる。

それとは別に、再校を返したあたりのタイミングから違う出版社のシリーズものの続きを書きはじめなくてはいけない。それの〆切りが一月中旬だ。人魚の話の一月新刊が出る頃には、書店さんに飾ってもらうための色紙を書いたり、サイン本を作ったりと何かと忙しくなるから……。

「どうやら、これからの一週間くらいしか、のんびりできる時間はなさそうだなあ」

クリスマスとお正月の休暇は一週間か。それが終わればまた不眠不休で働くのか。

いまどきの日本で一週間も休めるなんて、それでも贅沢《ぜいたく》だとは思う。思いつつも、ついうなだれてしまうけれど、年末年始とお盆に忙しいのは、作家としての人気のバロメーターでもあるらしいので、まあ仕方ないか、と思う。

（というよりも……）

クリスマスの時期に休みたいなんて考えたのは、もう何年ぶりだろう、と思った。

「──ホテル風早《かざはや》での、クリスマスパーティですか？」

そして遅めのお昼、コーヒーハウス『玉手箱』のカウンター席でバタつきトーストを口に入れながら、わたしは訊き返した。

厚めに切ったトーストは、こんがりときつね色に焦げて、薫り高いバターの上にとろりとかけられた黄金色の蜂蜜が、疲れた脳にしみいるような甘さだった。

隣に腰掛けて紅茶を飲んでいた、売れっ子少女漫画家の月村《つきむら》満《み》ちる先生が、

「あら、忘れてたの？」

呆れたような顔をして、赤いマニキュアの指を振る。「響呼《きょうこ》先生、出席するんでしょ？」

美人の彼女は、今日は赤と黒の鹿の子《かのこ》模様のミニ丈のワンピース姿。黒くつややかなブーツはニーハイで、まるで彼女の描く漫画のキャラクターそのものだった。最近だと、一見普通の女子高生が変身して霊能力を発揮、悪霊を成敗する漫画で大人気。描いている本人も自称霊能力者でいろんなものが見える──らしい。ひなぎくにいわせると、あのひと霊能力なんてぜんぜんないですよ、という話で、わたしも正直彼女の自称霊能力はいうほ

どのものではないだろうと疑ってはいるのだけれど、でも悪いひとではない、面倒見がいいよいひとだと思っていた。

それにしてもあのブーツ、膝の辺りの血行はどうなっているんだろう。かぶれないのかな。歩きにくそうだなあ。

「あのホテルの地下二階、いちばん広くて豪華なホールに、この街の文化人が集められる、素敵なパーティよ？　前にあなたここで、届いた出欠を問う葉書を見ながら、いくべきかどうか悩んでいたから、そりゃこの街に住む文化人として、当然いかなきゃでしょってわたしが教えて差し上げたでしょ？　あなた葉書に丸つけてたわよね？

ほら一か月前のこと。——忘れちゃった？」

「ええといまいち、記憶になくて」

一か月前というと、前の原稿の〆切りの時期だ。……朦朧《もうろう》としていた記憶ならある。おでこを手で押さえた。……満ちる先生のアドバイスのままに葉書に丸をつけて、近くのポストにそれを投函した記憶もあるような気がしてきた。この風早の街の住人になったからには、文化人として、文化人らしい集《つど》いに出るのも使命だとか責任だとか、そんなことを聞かされたのだ、たしか。

「……あのう、パーティっていつでしたっけ？」

「だから今夜」

「えっ」

「今夜。――ちょっと、ドレスとか用意してるの？　大丈夫？　美容室は？」

ああこれは聞くまでもないか、と、満ちる先生は気の毒そうな表情でうなずく。

それどころじゃないというか、わたしは今朝、夜明けまで、完徹で働いていたわけで。

「ええ、あのその、もうぜんぜん……」

わたしはため息をつく。「というよりも、わたしそのパーティに出なくちゃいけないんでしょうか？　七日間しか冬休みがないので、ひなぎくちゃんと今夜は街にご飯でも食べに行こうかと思ってたんですが」

徹夜明けで目の下に二匹くまを飼っている状態で、ホテルの地下ホールで開かれる、文化人のパーティなんて、そんなきらきらした空間にいく気持ちにはとてもなれなかった。

ホテル風早なら知っている。風早ホテルとも呼ばれる、この街の名前を冠した豪華なシティホテルだ。わたしの住む竜宮《りゅうぐう》ホテル、それにいまはホテルではなくなったホテル海《かい》馬亭《ばてい》と並んで、古い時代からこの街にあるという、立派なホテルだった。中に入ったことはないけれど、駅前商店街の辺りにいくと、街を見下ろす丘の上にそびえる姿が見えるので、どうしても記憶に残る、それはそんな建物だった。

遠目に見てもわかるあの巨大さからして、地下ホールはそれはそれは豪勢だろう。ましてや、クリスマスパーティなんていったら、どれだけきらきらしいことになるのやら。

(ひともたくさんくるんだろうなあ)

疲れているせいもあって、多少うんざりする。賑《にぎ》やかなのはあまり得意じゃないし、そもそも、お酒の場はあまり好みではない。

それよりも、ひなぎくを連れて、十二月の商店街をゆっくり歩き、デパートで買い物をしたり、本屋さんをのぞいたりしたかった。もうじきクリスマスなのだから、さりげなく彼女がほしいようなものを探るという大切な使命もある。ひとの街での初めてのクリスマスを楽しみにしている彼女なのだもの。枕元にプレゼントを置いてあげたい。

ずっと昔、わたしが小さかった頃、いつも忙しかった母さんが、仕事の合間にクリスマスの街に連れ出してくれた、あのときのように、ひなぎくと街を歩ければと思った。たいしたことはしてあげられないかも知れないけれど、夕暮れと夜に美しい光が灯《とも》る、ひとの街を歩ければ、クリスマスソングが鳴る冬の街角がたとえ寒くても、手をつないで歩ければ、彼女の心にあたたかい思い出として残るのじゃないかなと思うのだ。

そういうわけで、いまのわたしには、ゴージャスなパーティにお呼ばれしている時間なんて、欠片《かけら》もあるはずがないわけで。

何しろ、冬休みは今日を入れて七日間だ。

ひとりでうなずいていたとき、満ちる先生が、不思議そうな顔で訊《たず》ねてきた。

「あら、ひなぎくちゃんも一緒にパーティにいくんじゃなかったの？」

「え？」

「だってあなた、出欠の葉書に、『連れ一名』って自分で書き込んでたわよ？」

うんうん、と、カウンターの中にいる愛理《あいり》が楽しげにうなずいた。手元に白い湯気がふわりとたつ。何もいわないのに、お代わりのコーヒーを入れて、前から出してくれた。

「響呼さん優しいから、わたしにも声をかけてくれたけれど、わたしはここのお仕事があるから、残念だけどいけないのって、もったいないけど断っちゃったの。覚えてない？」

古い毛糸で編んだというサーモンピンクのモヘアのセーターの上にかけたエプロンの白いレースが、天使の羽のように見えた。おかっぱの髪がゆれる。

「響呼さん、ひなぎくちゃんをつれていくって、そのときいってたわよ。ホテルのクリスマスパーティ、喜ぶかなっていいながら」

万能で器用なアルバイターの愛理は、この冬から、このコーヒーハウスをマスターである竜宮ホテルの主《あるじ》から任されていた。もっとも、あらゆるバイト先から信頼されて、引っ張りだこの彼女は、もうじき主が長い旅行から帰ってきたら、コーヒーハウスはいったんお休みにする予定らしい。

このコーヒーハウス、そして竜宮ホテルのオーナー兼経営者は、草野辰彦《くさのたつひこ》先生。キャリアのある俳優にしてベストセラー作家、世界をさすらう永遠の旅人でもある素敵な先生だ。料理上手でコーヒー紅茶をいれる腕も天才的、このコーヒーハウスもそういうわけで知る人ぞ知る名店になっているのだけれど、何しろそのひとは旅人、ほとんどこの店にいることがないので、草野辰彦のコーヒーに出くわせるのはうどんげの花レベルの珍しさ、とまで物の本には書かれていた。

そんな草野先生に認められて、店を任されている愛理のコーヒーの腕は素晴らしいもので、ネルドリップでたててくれる薫り高いコーヒーは日に何度でも飲みたくなるのだった。実際、仕事をしていてカフェインが切れると、ふらふらと階下にエレベーターで降りて、愛理のコーヒーに救ってもらったことが何度もあった。そんなときの彼女のコーヒーと優しい笑顔は天使そのものだった。

草野先生はたしかここ数日の間に、アイルランド旅行から帰ってくるはずだった。そうしたら彼女はもう毎日はここに来なくなる。

さみしいなあとついいうと、

「人気者は辛《つら》いのよねえ」

てへへ、と透き通る声で答えて笑った。

この小さな背丈の、少女のような風情のある彼女は、わたしの高校時代のクラスメートにして、この街で自作の歌をひとりうたう、ストリートミュージシャンだった。夜遅い時間の駅のそばの公園で、キーボード一台を前に置き、澄んだ声で朗々とうたう。

等身大の女の子の心に響く歌を、雲雀《ひばり》のような声でうたえるひとで、いつかきっとメジャーデビューするだろうと多くのひとが信じている才能の持ち主だった。もちろんわたしだって、その日がくることを信じている。

ホテルの住人ではないけれど、何かとここに出入りするので、あたかも半分ここの住人であるような、彼女はそんなひとだった。

「あのう」と、わたしは愛理に訊ねた。

「わたし、ほんとにそんなこと書いてた？」

「うん。『連れ一名　水守《みもり》ひなぎく』って。ひなぎくちゃんの名字をどうするか、長く長く迷って、結局その名前で書いてた」

わたしは甘く香ばしいトーストを噛みしめた。かすかに残る記憶と一緒に。愛用の万年筆のブルーブラックのインクの色を、葉書に書いた自分の字を思い出していた。

ここで、やはり徹夜明けの朝に、いまと同じメンツで、その葉書を囲んで会話をしたことがあった。——だんだん記憶が蘇《よみがえ》ってきた。

「……ホテルのクリスマスパーティって、女の子は喜ぶかな、って話をしたんだっけ。それが人間の女の子じゃなく、隠れ里出身の妖怪の女の子でも、着飾ってかわいらしい服を着て華やかな場所に出かけていくのは楽しいかなあって」

愛理と満ちる先生は、カウンターの中と隣の席で、それぞれにうなずく。

愛理が身をかがめ、足下からかわいらしく包装された、大きな包みを取り出した。

「それで、じゃあ、ひなぎくちゃんにはわたし愛理からプレゼントということで、小公女みたいな天鵞絨《ビロード》のワンピースを用意するわねって、約束したの。はい、縫ってきました」

この間、ちょうど古着屋さんに、輸入物の素敵なドレスが入ってきたから、それをほどいて作ったのよ、と胸を張る。

「深い緑色の丈の長いワンピースなの。あの子きっと似合うと思うな。胸元と両袖のカフスは雪のように清楚な白の綿。絹のアンティークのレースを重ねたの。ボタンはくるみボタンを作ったわ。おそろいの長いリボンがついた、耳が隠れるようなベレー帽も作っちゃった。もちろん長いくつ下も忘れてないわよ。

あ、ケープのついた外套《がいとう》も。フェイクファーを縁取りにつけたの。作るの楽しかった」

はい、と、満ちる先生が手を上げる。

「靴はわたしが用意しましょうか、って話をしたでしょ？　あの子、靴履くの得意じゃないみたいだから、ゆったりしたサイズの、赤い編み上げの柔らかい革のブーツを用意したのよ。おそろいでパーティにいいような、かわいいショルダーバッグも買っちゃいました。ちゃんともう部屋に準備してあるわよ」

では、少なくともひなぎくひとりは今夜のパーティに出席できる態勢ではあるのだ。

だけど——。

わたしは頭を抱えた。

「どうしよう？　ぜんぜん丸っきり忘れちゃってた。ひなぎくちゃんにもパーティの話をしたような記憶があるんだけど、あの子どうして……？」

どうして彼女は、わたしにパーティが今夜あるということを話しかけなかったんだろう、といいかけて、自分で気づいた。

〆切りに追われ、ほとんどものも食べず、とりつかれたようにパソコンに向かっているわたしに遠慮しているのか、彼女はほとんどわたしに話しかけてこなかった。そもそも話しかけてきたとしても、執筆中はヘッドホンを使っている。自分の声は聞こえないものと、あきらめていたかも知れない。

この一か月の間、あの子と会話らしい会話なんて、何回しただろう？　思い出せる程度、数えられるくらいの数でしかないような気がする。

それでもひなぎくはいつでも笑顔だったし、働き者の彼女はホテルの中でいろんなお手伝いを探してきては忙しそうにしていたから――そうでないときは、ホテルの住人たちにかわいがられ、お茶に呼ばれたり昔話の相手役を務めたりしているらしかったから――彼女のことをほったらかしにしていると気に病むことさえなかった。

いまも彼女は、仲良しになったというどこかの部屋のおばあさんに頼まれて、近所に買い物に行っているはずだ。楽しそうでいいなあ、みんなにかわいがられてよかったなあ、と、わたしはのほほんと、そんなふうにしか考えていなかった。

コーヒーの苦みを急に舌に感じた。

罪悪感さえ覚えていなかった罪というのは、ひときわ重たい気がした。

そうだ。クリスマスツリーを見せようと思っていたのだ。ホテル風早の吹き抜けのロビーに立つクリスマスツリーは、毎年とても見事らしいから、ひなぎくに見せてあげようと。

「……どうしましょう。あのピュアな子に、『お姉様』とかいわれるだけのことをまるでしてなかったです、わたし」

そのとき、中庭の方から店の扉を開いて、ひょこっと顔を出したのは、未来少年こと、タイムトラベラーの日比木《ひびき》くんだった。いま学校から帰ってきたところなのか、よく似合う詰め襟の制服姿で、学生鞄を抱えている。

「いまからでも遅くないですから、さあ今日はパーティに行くのよ、っていえばいいだけじゃないですか？　ひなぎくちゃん、楽しみにしてましたよ。お姉様、今夜だって忘れてないかな、ってちょっと心配してたみたいですけど」

ぺろりと舌を出す。

「ごめんなさい、いまの話聞いちゃいました」

この子はいつも楽しげでハイテンション、笑顔でないことの方が珍しかった。持病があるので、それで具合が悪いときだけ静かになるけれど、この頃ではその回数も少なく、ちょっと賑やかすぎるぞ、とホテルの他の住人たちに苦笑されるくらいのものだった。

この子の出自を聞けば納得することなのだけれど、息をしているということ、自分の目で見、耳で聞き、心が様々なことどもを思うということのひとつひとつが嬉しくてたまらないというような、そんな少年なのだった。

「でも」と、わたしはため息をつく。

「パーティにいく準備なんて、わたしぜんぜん出来てないから……どうしたらいいのか」

午後の日差しが、店の古い木の床にわたしの影を映し出している。ばさばさに乱れた長い癖っ毛。この髪をパーティ仕様にまとめるだけでもどれほどの時間がかかることか。

「ちゃんとしたパーティに着ていくような、まともな服だって、持っていないし……」

いや冠婚葬祭で困らない程度にと、数年前にデパートでいわれるままに買った黒のフォーマルは持っていたのだけれど、この六月、前に住んでいた建物が崩壊したときに、他の荷物と一緒に駄目にしてしまっていた。アクセサリーの類《たぐ》いも、そういう場で困らない程度には持っていたけれど、何一つ残っていない。唯一父さんにもらったプレゼントの、クリスタルでできた花のブローチならあるけれど、わたしには世界一の宝物でも、パーティの場にあのブローチは馴染《なじ》まないだろう。

一か月前、徹夜明けにパーティ参加を決めたときは、そう、風早の街の商店街に行って、ひなぎくの好きそうなドレスでも選ぼうと楽しい気持ちになっていたのを思いだした。彼女はフリルやレースが好きだから、何かそういう、お姫様じみたかわいい服や宝石の類いでもたまに買うのもいいかな、と、そんなことを思っていたのだった。

いまから服やアクセサリーを買いに行って、いまから髪を何とかして、いまからお化粧をして、いまから——。

「……あの、開宴時間何時でしたっけ？」

「開場五時半の、開宴六時」

壁の時計を見ると、もう三時近かった。

わたしはうなだれた。

「――あのう、満ちる先生、今夜パーティに出席されるんですよね？」

「ええ。当然ね」

「わたしのかわりに、保護者として、ひなぎくちゃんをつれていってくれませんか？」

「えええ？」

「だって、絶対間に合わないし、間に合っても、いまからばたばたしたんじゃ、きっと、みすぼらしい格好にしかならないに決まってます。あの子に恥ずかしい思いをさせるかも。それくらいだったら、わたしはいかない方が」

「何いってるの。そんなの駄目よ」

「ですよね」と、日比木くんがうなずく。

「満ちる先生、今年は響呼先生と一緒にクリスマスパーティにいくんだって、すごい楽しみにしてましたもんね」

「そ、そんなこと」

彼女の顔がぱあっと赤くなった。

「ほら、満ちる先生、善意のひとだけど、いつも一言多いから、友達が少なくて」

「悪かったわね」

「あ、ごめんなさい、ついほんとのことを……。いたたたた」

日比木くんの色白な頰を、満ちる先生の両手がつかみ、びろんと広げた。

すごい、ひとのほっぺたって餅《もち》のように伸びるんだ、とわたしは感嘆し、次の瞬間に、愛理と共に、まあまあと割って入った。

満ちる先生がつんとしてそっぽを向いた。

「わたしはそりゃひなぎくちゃん気に入ってるし、つれていくのはやぶさかじゃあないけど、あの子、わたしにつれていかれるより、大好きなお姉様と一緒のパーティの方が楽しいに決まってるじゃないの？」

「そう――でしょうか？」

「あったりまえでしょう？　あなたって、頭よさげな小説を書くわりに、馬鹿なのね」

ほら、一言多い、と、頰を押さえながら、日比木くんがつぶやいた。

そちらを、ぎらりとした目でにらみながら、満ちる先生は、強い口調で言い放った。

「努力してみる前に、間に合わないってあきらめるのじゃなしに、やるだけやってみなさいよ？　お盆や年末進行の〆切りに間に合わせるより、よっぽど楽ってものでしょう？」

売れっ子少女漫画家にいわれると、とても説得力のある台詞《せりふ》だった。

「……はい」

よろしい、と満ちる先生はうなずく。そして、上から下までわたしを見て、いった。

「背丈はあなたの方が高いけど、体型はわりと似てるわよね。貸してあげられるような、服がなかったかな……。――あ、あったかも。すごくいいドレスで一目惚れして買ったんだけど、わたしが着るには丈が長すぎた服が」

手を打ち、いきなり身を翻《ひるがえ》す。コーヒーハウス『玉手箱』のホテルの方へ開いたドアへと、そのひとはダッシュしていく。ニーハイのヒールの高いブーツがまるで正義の味方の姿か何かのように、鮮やかに似合っていた。

「この際、とっておきのマントも貸してあげるわね。映画女優が着るみたいなの！」

振り返って、笑顔でつけくわえて、返事も待たないで、駆け去っていった。

愛理がおっとりした声でいった。

「響呼さん、わたしでよかったら、髪とメイクしてあげましょうか？」

にこにこと笑う。「商店街のお化粧品屋さんでバイトしたときに一通り覚えたの。パーティメイク、我ながら得意よ？」

お客さん来ないみたいだし、今日はバイト権限でお店閉めちゃうことにしちゃお、といいきると、愛理はまた足下にかがみ込み、メイク道具が入っているらしい、使い込まれたバニティケースを持ち上げて見せた。

ドアを開け放ったまま姿を消した満ちる先生の代わりに、元旅の魔法使いこと、佐伯《さえき》老人がセントバーナードのエルダーを連れて、ひょっこりと顔をのぞかせた。

「どうしました、お嬢様方？」

何か事件でも、と微笑む。

その昔、魔法を使うピエロとして古いサーカス団で人気を博していたというそのひとは、いまは濡れたモップとバケツを手に、丸い眼鏡の奥の柔和な目で楽しげに笑うのだった。

・

わたしの部屋、七〇四号室をめざして、愛理は自分が先を行くような勢いで、廊下を急ぐ。バニティケースを両手に提げて、楽しげに口元を引き締めて、エレベーターホールへと向かう。途中、玄関ホールの吹き抜けのところで、ドレスを抱えて五階の自分の部屋を出てきた満ちる先生と上下で見つめ合うことになった。

「お部屋に行きますから」

満ちる先生はその愛理の声を聞く前に、うなずいて、階段の方に走っていた。エレベーターは一基しかないからその方が速いと判断したのだろう。いや、あのひとはせっかちだから待てなかったのかも知れない。

「ひなぎくちゃんはお部屋にはいないの？」

「たぶん。おつかいにいくっていってたから。でも、そろそろ戻るんじゃないかな」

「じゃ、帰ってきたらついでにひなぎくちゃんもおめかししちゃうの、いいかも」

後ろから遅れてついてきた日比木少年は、

「ええっとぼくは……」

顎《あご》に手を当て考える風で、「未来社会の特殊技術で、急場をしのぐお手伝いが何か出来ないかとさっきから考えているんですが」

「未来社会から来た子であろうと、この場合、男の子に出来ることは何もないから」

優しい声と笑顔で、さっくりと愛理が切り捨てた。

「そ、そうなんですか？」

「大体いまから着替えたり、お化粧したりするんだから、男の子は遠慮した方がいいんじゃないかなって思うのよ？」

先生、と、泣きそうな目で見上げられて、わたしは口ごもる。

「ええっとええっと、それじゃあ……」

歩きながら、ひとつ思いついた。

「記念写真、記念写真を撮ってください！

あとで、ドレスアップしたわたしとひなぎくちゃんの。お願いしますね」

ぱあっと日比木くんの表情が華やいだ。

「わかりました！　ぼく、じゃあカメラマンになりますね。百年でも千年でも持つような、すごい写真を撮影しますからね！」

そこまで持たなくても、と笑ってしまう。でも、と思い直した。本来は百年も千年も未来の世界で生まれ育ってきたこの少年にとって、未来へも届く写真というのは、きっと大切な宝物なんだろうな、と思って。

ひとの命は儚《はかな》い。どんなに長生きしたって、永遠に生きることは出来ない。わたしたちは誰もがこの時の中を生きる、借りぐらしの存在でしかなく、宇宙の中に、ひっかき傷ほども、生きてきた足跡を残すことはできない。

できないのだ、たぶん。わたしという人間がいまこの時代に生きているということに、たいした意味はない。すべてのひとのすべての命に、等しく意味はなく――意味がないということが、たぶん救いなのだとわたしは思っていた。ひとの命は、鳥や植物、魚たちの命と同じ、失われれば風に溶け、水に流れてゆく。そして宇宙の中に循環していく。

（だけど――）

六月のあの日、この子が未来の世界でわたしの書き残した本を読み、過去の世界のわたしに会いに来てくれたのだと知ったとき、わたしはほんの少し、この儚い生にも意味があるのかも知れない、と思った。

わたしとひなぎくの写真を、日比木くんが撮影すれば、その写真はきっとわたしたちがこの地上から消え去ったあとも、日比木くんとともにあるだろう。それはとても素敵なことのように思えた。


そして、数時間後。窓の外が冬の夕暮れの空の色になった頃。自分の部屋の洗面台の鏡に映るわたしの姿を見たとき、わたしはそこに、自分ではなく、美しい絵でも映っているのではないかと、まばたきを繰り返した。

輝く青い布地のドレスは、まるで遠い北の国の海のよう。アンデルセンの『人魚姫』で、矢車菊《やぐるまぎく》のような青、とたとえられたような、そんな深く綺麗な青の色だった。細かく折りたたまれたプリーツが広がってゆく袖と裾には、細い銀糸で打ち寄せる波のような模様が、幾重にも刺繍《ししゅう》されていて、それが光の加減でうっすらと表面に浮かび上がるのだった。

愛理のお気に入りだという、青いラインストーンつきの鋼のコームで結い上げた髪は、彼女が器用にドライヤーで巻いたので、首から大きく開いた背中と胸元に、植物の蔓《つる》のように美しくカールしながら落ちかかっていた。

「こしの強い、綺麗な髪だから、きちんと癖がつきやすくてよかったわ。色も華やかね」

量ばかり多くて、色も中途半端な赤毛の癖毛、子どもの頃から扱いづらくて困っている、ばさばさと長い髪が、そんなふうに褒められることがあろうとは思ってもみなかった。

「メイクも楽しかったなあ。響呼さん、色白で肌が綺麗だから。睫毛《まつげ》も長いし。あと瞳の色が薄茶で、すこうし緑と青がかかっているから、アイシャドウとマスカラにドレスに合わせた綺麗な色を使えたのも楽しかった」

なんだかぼうっと青くけぶるような目元になっているのは、その効果なのだろうか？

鏡に顔を近づけて観察していると、いつの間にか、深紅のチャイナドレスに着替え終わっている満ちる先生が、自分も手持ちの高級そうな化粧品でメイクをしながら、ふむふむとうなずいた。

「暗めの青のマスカラが、実に効いてるわね」

この色はどこのマスカラ？　それとこのアイシャドウはどこの？　あそことここの去年のあれと、今年の夏の限定色のそれと、あとこれとを重ねてます、なんてわたしにはまるでわからない話にふたりは興じていた。

「アイシャドウ、アイライン、マスカラって、これだけ青系と緑系の綺麗な色を重ねて使っても、自然な感じで肌に馴染むって、本気でうらやましいですよ」

愛理がため息をつく。「このメイクを自分の顔でしたら、絶対お化けになりますもん」

ひなぎくがうっとりしたように、わたしを見上げて、「お姉様、綺麗」といった。

「そうですか？」

「はい。とっても綺麗です」

はにかんだように笑う彼女を見て、わたしは遠い昔、授業参観に突然母さんが来てくれたときのことを思い出した。参観日には、仕事が忙しいから滅多に来てくれなかったのだけれど、そのときはお店のひとたちが仕事を替わってくれたとかで、授業中、急にふわりと駆け込んできてくれたのだった。

お店の奥さんが貸してくれたというワンピースがよく似合っていた。それがちょうどこんな、海のような濃い青色で、あの日の母さんは女王様のように美しく見えた。教室の後ろから、わたしの方に向かって笑顔で手を振ったりするのには困ったのだけれど。でも他のどのお母さんよりも綺麗な母さんがわたしは誇らしくて、席で胸を張ったのだった。

「ほんとうのほんとうに、綺麗です」

頰を染めて笑うひなぎくも、濃い緑色のワンピースにレースアップのブーツを履いて、長い黒髪はつややかに光り、まるでお人形さんのような姿なのだった。薄い銀の光を放つ瞳は、見るひとが見れば、ひとでないもののように見えるだろう。尖ったふたつの黒い耳も見えるひとには見えてしまうかも知れない。わたしがふと心配になると、その表情に気づいたのか、満ちる先生がさらりといった。

「なんといってもパーティだもの。もし誰かが騒いだら、『かわいい猫耳でしょう?』でいいんじゃないの?」

そうそう、と、メイク道具を片付けつつ、愛理がうなずく。

「いま脳波で動く電波猫耳とか売ってるじゃない? あんな感じのよくできたおもちゃだっていいはっちゃえばいいと思うの」

きょとんとするひなぎくに、愛理が、

「今夜は、もしかして耳が誰かに見えたとしても、『黒猫の仮装をしてます』っていって、猫のふりをして、胸を張っていいのよ」

と、身をかがめていった。

ひなぎくは大きな目でぱちぱちとまばたきをして、それから楽しそうにくすくすと笑った。黒猫の仮装をしているふり、というのが、彼女的にはツボにはまったらしかった。

「うう、残念」愛理が口を尖らせる。

「その、頭の上に見えてるっていう、黒くてかわいい猫耳、わたしにはぜんぜん見えないんだもの。わたしにはひなぎくちゃんは、普通の六年生くらいの女の子にしか見えないの。

悲しいくらいに霊感ってないものなあ」

いやどうだろう、とわたしは思う。見えないものが見える能力は、必ずしもある方が幸せとは限らない。わたしはご先祖様の関係で、妖怪も妖精も幽霊も、普通の人間の姿とごっちゃになる程度にはっきりとよく見えるけれど、いつもわたしの目に見えている情景が、そのまま愛理に見えたとして——彼女が喜ぶかどうかは微妙なところのような気がした。

そのとき、遠慮気味なノックの音がした。

「佐伯です。ちょっと見ていただきたいものがありまして。——いいでしょうか？」

ドアを開けると、古い大きなトランクを提げた、佐伯老人がそこにいた。老人は、わたしとひなぎくを見て、にこにことそれは嬉しそうに笑って、「これはまあ、ふたりとも実に実に美しい」といった。

大きなトランクを、大切そうに部屋の半ばまで運ぶと、佐伯さんは床に片膝をつき、金色の真鍮《しんちゅう》の鍵で、トランクの蓋を開けた。

「久しぶりに開けるんですが、この中にたしか、いいものが……」

小さな箱や袋が、いくつも入っていた。布張りの色あせた箱や、彫刻された木箱や。段ボールの箱、厚紙の箱。羊皮紙の袋。布の袋。

「旅暮らしをしていた頃に集めたあれこれです。かわいい物や綺麗な物や、本物や、まがい物や。楽しい物や、そうでない物――」

日に焼けた皺のある手でトランクの中をひっくり返しながら、老人はふと悲しげな目をした。でもそれは一瞬のことで、すぐにいつも通りのひょうひょうとした笑顔に戻り、

「パーティにいいような首飾りやブローチもあったような気が……おお、あった！」

和紙を丸めてたたみ、細い紐で結わえたようなものを大事そうに取り出す。広げると、ひとつひとつの石に細かい彫刻が入った、小さな粒の水晶と薔薇水晶を編んで作った長いネックレスが出てきた。

「これはよく光るから、パーティ会場なら、映えると思いますよ。それにこのネックレスは、色白な方にはひときわ似合うはず。よかったら先生に差し上げましょう」

「え」

わたしは口ごもる。

「こんな高価そうな物、いただくわけには」

宝石の類いは小説の中で小道具に使うことも多いから、自然詳しくなっていた。水晶も薔薇水晶も、そのものはそう高くはない。けれどそれも物によりけりで、こんなに透明度の高い水晶や、色の濃い薔薇水晶ならば、それなりの価格だろうと思われた。そして、ひ

とつひとつの石に入った彫刻が見るからに機械ではなく、手で丁寧に彫った物で、その細工がまた神業のように細かいのだった。数え切れないほどの小さな花が、水晶の中に咲き乱れ、まるで光で出来た桜の花が無数に咲いている様子のように見えた。

老人は微笑んで、首を横に振った。

「昔、わたしの妻が舞台に立つときに胸元に飾っていた物です。いまはもう彼女はこの世界におりません。娘が成長したら譲ろうと思ったときもありましたが、あいにく子どもはひとりだけ、息子だけしか育ちませんでした。

こんなトランクの中で眠らせておくより、華やかなパーティの場で、もう一度光に当ててやってください。その方がネックレスも、そしてきっと妻も、喜びます」

わたしは手の中の、桜の花を綴《つづ》り合わせたようなネックレスをそっと握りしめながら、昔このネックレスを首にかけていたというひとのことを思った。

佐伯さんが職場の机に飾っていた、古い写真のことを思う。

地下の大浴場の入り口の、カウンターの机に置いてあった昔の写真、若き日の佐伯さんらしいピエロの青年の傍らに寄り添い笑っていた、駝鳥《だちょう》の羽根がついた衣装を身につけた美しい女のひと――大きなライオンと共にそこにいたひとのことを。

佐伯老人は、トランクの中から、他にもひとつふたつと、箱や袋を取り出した。

ひなぎくには木馬のかたちのエナメルのブローチを渡してくれた。とろんとした色のエナメルの地に、黄に赤に青にとラインストーンが輝いている。童話の世界から抜け出してきたような、愛らしいブローチで、ひなぎくはうっとりとしてそれに見入っていた。

満ちる先生も、はい、と、虹色の淡い光を放つベビーパールとバロックパールでできたペンダントを渡されて喜んでいた。チェーンではなく、絹の透けるようなリボンが結んであって、少しだけ色あせているのが、かえって風情があるような品だった。愛理にも色違いの、おそろいのようなブレスレットを差し出す。彼女は遠慮しつつ、目を輝かせていた。

満ちる先生の目がふと、トランクの中の一点を向き、そして小さな箱に白い手が伸びた。

「あら、これは——？」

まるで血でも滲《にじ》んだように、油染みて赤い液体がしみこんだような色をした、どこかまがまがしい、古く小さな木彫りの箱。

それに目が向いたとき、わたしは寒気がした。そしてその瞬間確かに、箱から部屋の中へと立ち上る、邪気を放つ妖気のようなものを感じたのだった。

同じものをひなぎくも感じたのか、ぴん、と黒い耳を二つ真上にあげて、気味悪そうに、箱の方を見つめている。

満ちる先生はあっけらかんと、

「変わった箱ですね。何か香油の匂いがする」

その箱を手にとって、佐伯さんに見せる。

「ああ、それは……その箱は」

目に見えて、佐伯さんの表情が変わった。

満ちる先生の赤いマニキュアの指が、かちゃかちゃとその箱の蓋を開けようとする。

「寄せ木細工ね。わたしこういうの開けるの得意なんだけど、これは……なかなか……開かないわねえ」

ついと手を伸ばして、老人は彼女から箱を受け取り、そっとトランクにしまい込む。

「――開ける必要と定めにあるものだけが、この箱を開けられるのだそうですよ。箱の中に『いる』ものがそれを決めるのだとか。残念ながら、わたしはこの箱と出会ってもう何十年、一度も開けることができませんでした」

甘ったるい香油の匂いが鼻についた。何の匂いなんだろう、胃の底が具合悪くなるような、生臭い匂いだ。

わたしは訊ねた。

「中に――この箱の中には、いったい何が入っているんですか？」

「死神です」

「え？」

「この箱には、死神が入っています」

ひっそりと老人は笑い、トランクの蓋を閉め、金色の真鍮の鍵を回した。

「誰がいつたえた物なのか、あるいはただのおとぎ話なのか、昔、東欧のある街の夜市で、わたしはこれを手に入れました。そのときの話では、中国由来の呪術で作られた箱、という話でしたけどね。——その代々の持ち主に死を呼ぶ箱だという話でした」

「なんで、そんな箱を……？」

「さあ」と、老人は笑ったまま目を伏せる。

「面白い、と思ってしまったんです。ほんとうにそんなことがあるのなら、それもまたいいかな、と」

大昔の話ですよ、と老人は笑う。

そしてトランクを手に立ち上がろうとして、怪訝《けげん》そうに首をかしげた。

がちゃり、と音がする。トランクの錠の部分が開き、蓋がだらしなく開いた。

「ああ、ついに壊れてしまったか……」

わたしと一緒にずいぶん長く旅をしてきたトランクでしたからね、と老人は笑った。疲れたような顔をして、そして蓋が半開きになったトランクをなかばひきずるようにして、廊下へと出て行った。その背中が力なく、丸かった。

ふいに部屋の電話が鳴った。

『錦織《にしきおり》です』

櫻文社《おうぶんしゃ》の担当編集者にして、このホテルのオーナーのひとり息子、錦織寅彦《とらひこ》さんだった。会社からだろうか？　わたしはテリアのような人懐こい笑顔を思い浮かべながら、「お疲れ様です」と答え、すぐに言葉を続けた。

「錦織さん、何か……ひょっとして、急ぎの仕事とか〆切りとかありましたっけ？」

訊ねてしまったのは、このひと月の間の自分の記憶にまるで自信がなくなってきたからだった。

そう訊きながら、目はライティングデスクの上の金の時計を見る。四時四十五分。あのホテルに行くにはどれくらい時間がかかるのだろう？　たしかあのホテルはバス停のそばにあったはず。夕方でもバスなら速い？　いやこれだけ着飾って、ヒールのある靴を履くとしたら、タクシーを呼ばないと……。

電話の向こうの寅彦さんが、深くため息をつく。

『あのう……水守先生。念のためにうかがいますが、今夜の風早ホテルでのクリスマスパーティのこと、覚えてらっしゃいますよね？』

「あ、え、それは」

わたしは口ごもる。「忘れてましたが、先ほど、なんとか思い出したところで……」

『あの……ご準備はおすみでしょうか？』

「はい。なんとか。愛理さんたちのおかげで」

『それはよかったです』

声は明るく笑った。ほっとしたようだった。

『最近のお仕事の没頭ぶりからして、今夜のパーティのことを忘れてらっしゃる可能性もなくはないな、と気になっていたんです。でも、こちらもちょうど出張と入稿とが重なってばたばたしていて確認し損ねていて。あとで会場で会えますね。楽しみにしています』

「パーティ、いかれるんですか？」

『親父の代理みたいな感じでですけどね。急に行くことになりました。元は昭和初期にうちの先祖も関わって始めた集いですので。本来、錦織の家の当主が行くべきなんですが、父がまだ日本に帰ってきてないみたいですし。少し遅れての参加になりますが、印刷所からタクシーで直行します。

――親父の奴は、まったくもう……』

この忙しいのに、と呟《つぶや》いた、その声がふうっと明るくなった。

『先生とご一緒できるなら、ぼく、それを楽しみに行きますから。――あ、パーティ、いつものことなんですが、規模の割に、豪華な顔ぶれの会になっています。この街は文化人の人口が多いんですよね。ご希望があれば、いろんな著者や画家にお引き合わせしますよ。――では、またあとで』

またあとで、と言葉を返して、受話器を置いた。寅彦さんと会える。同じホテルに住んでいながらも、ここのところほとんどすれ違うことさえなかったので（何しろこちらは夜行性で午後に起きて朝まで働く生活だ）、きっとそのせいで嬉しくなった。こんな風に思い切りドレスアップした姿で会うのは初めてのことなので、びっくりするかも、と思うと、想像しただけで楽しくなった。

受話器を置きながら、つい笑顔でくるりと踊るように身を翻すと、愛理、ひなぎく、満ちる先生の三人が、なぜだかにこにこと楽しそうに笑ってこちらを見つめていた。

ひなぎくが、

「寅彦お兄様ですよね？」と訊いた。

「パーティにいらっしゃるんですか？」

「え、うん。いらっしゃるんですって」

なぜだかどぎまぎとして、顔が赤くなる。

「ええっと、そろそろ移動した方がいいのかな、って……思うんですけど」

ですね、そうですね、と、三人とも笑っている。なんで笑うのかなあ？　なんだかなあ。

隠れ里の皆様、お元気ですか？

ひなぎくは、ついに人間の街での、初めての十二月を迎えました。

そうです、前に、出したくても出せない手紙に書いた、あの怪しい空を飛ぶ、赤い服を着た謎のおじいさん・さんたさんと遭遇できるはずの、十二月が来ました。

そして今日、わたしはお姉様たちと一緒に、くりすますぱーてぃというものに、お呼ばれしていくことになりました。それは大きなホテルで（わたしたちの住む竜宮ホテルよりも、もっとずっと大きいホテルなのですって。わたしには想像も出来ませんでした）、綺麗な服を着た人間のひとたちが、たくさん集まって、みんなで美味しいものを食べたり、うたったり踊ったりする集まりだということでした。忘年会みたいなものかな、とわたしは思いました。くりすます、と頭につくということは、たしかさんたさんに関係のあることだと思うので、赤い服のおじいさんを招いての大忘年会なのかも知れません。

そういうものですか、と、愛理さんに訊ねてみたら、愛理さんはすごく考え込むような表情をして、優しい声で、一言だけ、

「間違ってはいないかな」

と、いってくれました。

とにかくそのくりすますのつどいに招かれるというので、上等なお洋服を着ていかなくてはならなくなりました。とてもとても嬉しいことに、愛理さんがかわいいお洋服を作ってくださり、満ちる先生が、革の長靴を靴のお店で買ってきてくださいました。

緑色の、丈の長いワンピースは、わたしの大好きな、『小公女』のセーラ・クルーが着ていそうな、品の良いお洋服でした。おそろいの大きなリボンのついた大黒帽を頭に載せて、わたしはお姉様と満ちる先生と一緒に、大きな車に乗りました。たくしーというじどうしゃだそうで、運転手さんという名前の、男のひとがにこにことして運転してくれました。ちょっとシンデレラのお話に出てくる、ねずみの御者さんみたいなひとだなあ、とわたしは、どきどきしながら思いました。お城の舞踏会じゃなくて、赤い服のおじいさんの宴会ですけれど、お招きに与《あずか》るのは同じです。

車で外出したことは、何回かあります。寅彦お兄様が、ほるくすわーげん、という名前

の、かたつむりが大きくなったようなじどうしゃを持ってらっしゃって、お休みのときとかに、街の子ども図書館や植物園に連れて行っていただいたりするのです。じどうしゃ、というのは、自分で走る車のことをいいます。馬もつないでいないのに、人間の街では車の車輪が自分でくるくる動くのです。とても不思議です。

お姉様もお兄様も、そしてなつかしいお父様も、人間の世界には魔法はないんだよ、っていったけれど、やっぱり科学や機械って魔法じゃないかと思います。そうでなくてどうして、こんなに不思議なことが起きるのでしょう？

ほんとうは、人間の世界には、人間に紛れて暮らしている魔法使いや魔女がたくさんいて、そういうひとたちが機械を動かしたり、夜の街に明かりを灯したりしているんじゃないでしょうか？　きっと人間たちは、そんなことは知らずに、魔法なんてない、全部科学で説明できることだって思ってるんです。

ああそうだ。不思議といえば。

ほるくすわーげんで、どらいぶして、図書館や植物園に行くとき、寅彦お兄様は、車のすてれおで、綺麗なピアノの曲を流しながら、ずっと、響呼お姉様の話をしています。響呼お姉様の話じゃなかったら、響呼お姉様の本の話です。最初は、わたしが喜ぶようにそんな話をするのかな、と思っていたんですけど、だんだんそうじゃないってわかってきました。

それでわたし思うんですけど、お姉様も、たぶんちょっと寅彦お兄様のことが好きなんです。ひょっとしたら六月に、このホテルで暮らし始めた頃からそうじゃないのかな、と、思います。わたしの勘は猫の勘で、妖怪の第六感ですから、まずはずれません。

でもふたりは、ふたりが一緒のときは、ぜんぜんよそよそしいのです。仲が悪いとかじゃないんですけど、あいだに板が一枚か二枚、はさまってる感じでお話をするんです。

変だなあ、と思って、満ちる先生や日比木のお兄ちゃんにちょこっとそういう話をしたら、みんなもそう思うっていってました。

「どうして、好きですっていわないんでしょう？」

わたしが訊いたら、みんなわたしのことを小さい子を見るような目で見て、

「人間の世界も、いろいろあるものだからね」

って、優しい笑顔でいうんです。
・なんだかよくわかりません。
でも、さっきお部屋にいたときのお姉様みたいに、寅彦お兄様と電話で話すときに、にこにこ笑ってるところとかを見るのは、とても楽しいことだし、わたしもお顔がにっこり笑顔になるから、そばで見守っていようと思います。いつか、ふたりが、『いろいろある

もの』を乗り越えて、ちゃんと好きです、っていえるようになる日まで。

車は夜の街を走って行きます。わたしはふうっとため息をつきました。今日は夕焼けの空を見るのを忘れていたなって思い出したのです。晴れていたから、綺麗な赤い色の空が見えたはずだったのに。

竜宮ホテルの中庭から見上げる空は、ときどき、遠いあふりかの、さばんなの上に広がる空に見えるときがあります。

ほんとうにはわたしは、そのくにの空を知りません。おともだちからきいたほかは、絵本と写真集と、それとお姉様のぱそこんの、いんたーねっとで見たくらいです。

遠い遠い南のくにのさばんなに、わたしたち猫の仲間の、金色の、大きな生き物がいます。らいおんといいます。すごく大きくて、強くて、早く走れて、でもとっても優しい生き物です。物語の中では、いつだってそうです。

さばんなは、とてもとても広い野原なのだそうです。

らいおんはその野原を、金色の毛とたてがみをなびかせて走ります。

夕方の空を見上げながら、わたしはときどき、想像してみます。広い広い夕焼けの草原で、金色の大きな猫と一緒に、自分も走っているところを。それはとても気持ちが良いことのような気がします。なんだか、懐かしいことのような気もするのです。

さばんなの草原の、地平線に沈むお日様は、らいおんならば追いつけるのかも知れません。赤いほおずきのようなお日様に向かって走って、地平線の向こうに消えてしまうまでに追いつくことが出来れば、そこには不思議な夕焼けの国があるような気がします。

そこには、死んでしまったわたしの家族たちや、そして鷹野《たかの》のお父様が待っていてくれて、よくきたね、っていってくれそうな気がするんです。懐かしいひとたちと出会える場所が、お日様の眠るところにあるような気がするんです。

いつかわたしが、おとなになって、遠くを旅するひとになって、遠い南のくににたどり着くことができたなら。遠い南の果てのさばんなにいって、太陽が眠るその場所に行き着いたら、お姉様にその話をしてあげようと思っています。

ホテル風早というのは、わたしの住んでいる竜宮ホテルと同い年くらいになるホテルなのだそうです。でも、もっとずっと大きくて、にぎやかで、たくさんのひとが泊まれるホテルなのだそうです。

そのホテルは、街を見下ろす丘の上にあります。暗い森と古いおうちが続く丘の上へ、たくしーはゆるい坂をぐるぐると回りながら、のぼっていきました。たくしーの後ろの座席から、その様子を見ていると、やがて、暗い木々の間に、ちらちらと光る大きな建物が見えてきました。まあその素敵なことといったら、まるで絵本に出てくるお城のよう。光り輝くその建物は、光るお花と光る森に縁取られた立派な道の先にありました。この森はどうして光るのかな、と思ったら、小さくて色とりどりの豆電球が、いくつもいくつも飾り付けてあるようなのでした。

たくしーは、大きなホテルの前に止まりました。長い黒いコートを着たひとが、優しそうな笑顔でこちらに身をかがめ、ドアを開けてくれました。わたしは知っています。あれはドアマンというひとです。竜宮ホテルにもいらっしゃいますもの。

わたしはたくしーの後ろの席の、奥の方に座っていたので、最初に降りたお姉様の後に続いて、よいしょ、と席から外に出ました。たくしーの中はあたたかかったので、暗いお外に出たら、冷たい風の中で、息が白くふわっとしました。そのとき焦ったのは、ばっぐの中に入っている二匹のくだぎつねたちが、隙を見て外に出ようとしたからでした。

わたしは焦って、ばっぐを上から押さえました。中で、クルシイとかヒドイとか、二匹が文句をいう声が聞こえましたが、ふたを上から押さえたまま歩きました。

子猫みたいな大きさの、小さな二匹の妖怪ですけれど、ホテルでの忘年会に、くだぎつねが出席してもいいのかどうかわかりませんでした。お姉様に相談しようかな、とも思ったのですけれど、もしだめっていわれたら、お留守番になってしまうからやめて、って、この子たちが泣いていうものだから……。

だから、内緒でつれてきました。そのときに、絶対に外に出ない、おとなしくしてるから、って約束をしたのに、もう。いくら小さい子たちだからって、困ります。

たくしーはたくさん、ホテルの玄関に走ってきて止まります。ホテルにはたくさんのたくさんのお客様たちが集まっていて、みんな立ち話をしたり、笑ったりしています。わたしはどきどきして緊張して、それから楽しくなりました。

だってまるで、お祭りみたいです。

遠い遠い山の奥にある、妖怪たちの隠れ里に住んでいた頃、わたしは人間の街や村のお祭りに遊びに行くのが夢でした。盆踊りとか縁日とか、金魚すくいとか……。里のおとなの妖怪から聞いた、ひとの街のお祭りの様子に、いつも憧れていました。だって、そこにわたしはいけなくとも、お祭りの音楽や、ひとびとの楽しそうな声や足音は、風に乗って、隠れ里まで届いていたからです。

同じことをくだぎつねたちも思ったのでしょうか。ばっぐからまた出てこようとします。

わたしはぷんぷんしながら、お姉様と満ちる先生のあとについて歩きました。

歩くと、煉瓦《れんが》のモザイク模様の舗道の上で、長靴が人間みたいなかっこいい足音を立てて、胸がどきどきしました。新しい革の長靴は、靴を履き慣れないわたしのために、満ちる先生が選んでくださったものなので、ゆったり柔らかな作りになっていました。それでもほんのすこうし、痛くはあったのですけれど、わたしは人魚姫のお話を思い出して、お姫様になったつもりになりました。アンデルセンの人魚の姫は、魔女にお願いして、人間の足を手に入れましたけれど、その足は一歩歩くごとに、ナイフで刺されたような痛みが走る足でした。人魚の姫の足の痛みに比べれば、わたしの足の痛みなんて、きっとぜんぜんたいしたことはないのです。

でも少しだけ痛かったので、うつむいて歩いていましたら、お姉様は何か気づいたのでしょうか。歩く速度を遅くして、そうしてわたしにそっと、手をさしのべてくださいました。わたしはお姉様と手をつないで、そうしてその綺麗なホテルの、明るい玄関をくぐりました。

綺麗な音楽が聞こえました。くりすますそんぐです。たくさんのひとびとが楽しげにざわめいています。そして、真上から降り注ぐシャンデリアの明かりの中に、大きな大きなもみの木が、まぶしいような色とりどりの明かりを灯され、白い綿を雪のようにふわふわと飾られて立っていたのでした。

最初その姿を見たときに、わたしは、木が美しくて立派なことよりも、その木がどこか遠い山から切り出されて、ここに置かれていることがわかったので、びっくりして、それから悲しくなりました。大きな木は、山にいて、風に吹かれたり、小鳥やりすと遊んでいた方が幸せなような気がしたのです。

でもすぐに、わたしは悲しく思うのをやめました。だって、それはたぶん、聞こえるひとにしか聞こえない声だったけれど、もみの木は、楽しそうな声でうたっていたのです。それはまるで、年をとった大きな立派な長いひげの王様が、優しくそこに立っていて、お客様たちを歓迎し、ひとりひとりにいいことがあるように、と声をかけてあげているような、そんな様子の歌声でした。

もみの木はきっと山にいるのも幸せでしょう。でもここに、人間の街のホテルにこうして綺麗に飾られて、王様のようにそびえ立っていることも幸せなんだな、と思いました。

めりーくりすます、と、もみの木はいっていました。何度も繰り返していました。

わたしには言葉の意味はわかりません。外国の言葉なのでしょう。

けれど、その言葉はきっと、『今夜、この夜に、あなたがここにいてくれて嬉しい、大好きなあなたに幸せなことがたくさんありますように』、と、そんな意味の祈りの言葉なのじゃないかと思いました。

お姉様と満ちる先生がいろんなひとに挨拶をしています。満ちる先生が、わたしに、

「さ、クロークにいくわよ」

といいました。ぱーてぃ会場の中は暖かいから、外套は脱いで、ホテルのひとに預けていく、その場所のことなのだそうです。

ひとがたくさん歩いています。わたしはその波に流されて迷子になってしまいそうで、お姉様の手をぎゅっとつかんで、一生懸命あとから歩いて行きました。

そのときです。わたしは人波の中に、大きならいおんを見ました。

らいおんは、金色のたてがみをなびかせて、まるでからだに重さがないような、軽やかな様子で、ホテルの中を歩いていました。そのからだは半分透けていました。だからああ、あれは魂だけのらいおんなんだな、とわたしは思いました。そんなふうな魂やあやかしたちは、人波の中にも、ちらほら交じっていましたから、わたしは驚きませんでした。

透明ならいおんは、女の子のそばを歩いていました。その子はらいおんのたてがみのようなふわふわの茶色い髪をしていました。絵本で見たアラビアの王子様のような、素敵な姿をしています。白いターバンには、長い孔雀《くじゃく》の羽根がついていました。

その子にもらいおんのことが見えているのかも知れないな、と思ったのは、ときどきらいおんのことを、綺麗な茶色い目で振り返っていたからです。椎《しい》の実みたいな優しい色の瞳でした。女の子も風のように軽やかな仕草で、混み合うホテルの中を歩いていました。

なんだかその子のことが気になったのは、ときどきその子が辺りをうかがうような、なるべくひとと目を合わせないようにしているような、そんな様子に見えたからでした。その子は人波の中を移動しながら、白いターバンを脱ぎ、隠すように腕に抱えました。

焦っているように見えるその目の表情と、ひとの流れと違う方に急いでいる足取りは、まるで——そうまるで、その子が人波に紛れて、どこかへ隠れようとしているか、逃げようとしているところのように見えました。お姉様とお部屋で見た、昔の映画の中のわんしーんのようでした。

一瞬、その子の目が、わたしの方を遠くから振り向きました。

たくさんのひとびとがざわめき通り過ぎ、笑い声や挨拶の声が響く中で、その瞬間、わたしたちはたしかに、見つめ合いました。

その子は、最初は険しい感じでわたしの方を見ました。凛《りん》としたまなざしで、刺すようにこちらを見たような気がしました。

けれど、次の瞬間に、その目は信じられない、というようにまばたき、わたしはそして、その子の目に、自分の猫の形の耳がはっきり見えたのだということを悟ったのでした。

わたしは、ひなぎくがふと立ち止まったのに気がついて、「どうしたの？」と声をかけた。はき慣れないブーツが辛くなったのかな、と思って。

ひなぎくはその声に驚いたように振り返り、わたしを見上げると、首を横に振る。そしてすぐにロビーのどこか一点をじいっと見つめた。――豪華なクリスマスツリーの方？

ああそうか、あれを見せにつれてきたんだった。

……いや違う。広いホールにあふれる人波の彼方《かなた》、華やかに飾り付けられたショッピングモールらしき場所の辺りを見つめている。綺麗なお店に見とれているのかな。いや、何かあの辺りの人波に混じって、大きな金色の物がきらきらとうごめいているような。

「――ライオン？」

わたしはぎょっとした。クリスマスで賑わうシティホテルの玄関ロビーに、どうして大きなライオンが悠々と歩いているのだろう？

まばたきを繰り返して、気づいた。本物ではなかった。光の波のようなたてがみをなびかせて軽やかに歩いているライオンは、あやかし、というよりもいっそライオンの幽霊なのだろう。その証拠に、誰も彼を振り返らないし、金色のからだはほのかに透けて見える。そもそもあのライオンがリアルな存在で、みんなの目に見えていたとしたら、いまこのホテルはパニックになっているだろう。

わたしはちらりと満ちる先生の方を見た。彼女はあのライオンの気配には気づいていないようだ。——ということは、あれはやはり霊的な存在なのだろう。

わたしは左側の目に軽く力を込めて、辺りを見た。先祖から受け継いだ、あやかしを見る瞳は、ライオンだけでなく、この近辺にいるすべての「ひとでないもの」たちの姿をはっきりと見ることが出来る。

ただ流すように見ていた時と違って、意識して見れば、ひととそうでないものたちとの違いはわたしにははっきりとわかる。

そして賑やかにざわめくこの場所は、どうやらわたしやひなぎくには、他のひとびとが感じているそれよりも、さらに賑わい、混み合っている空間に見えていたということがわかった。……いやそれは、クリスマスパーティなのに妙に顔色が悪いひとが多いなあとか、陰鬱《いんうつ》そうな表情のひとも多いなとか、思ってはいたのだけれど。

ライオンはくっきりとその場に浮き出すように見えた。まるで空の光を集めてきてかためて作ったかのように見える。眩《まぶ》しいほどだ。

そしてライオンのそばには、ふわりと薄い茶色の髪をなびかせた、かわいらしい少女がいた。ひなぎくくらいの年齢だろうか。人波の間から、こちらを——ひなぎくの方を見ている。凝視している。こちらは普通の、生きている人間のようだ。パーティドレスらしき装いは、アラビアの少年のような、ふわりと透ける愛らしい服だった。

勘がいいのか、わたしの視線に気づき、わたしを見た。

瞬間、あ、この子を知っている、と思った。でもどこであったのか思い出せない。とてもかわいらしい少女だけれど、日本人といわれればそうも思え、外国の子といわれればそうも見える、不思議な雰囲気の子だった。

華やかで愛らしく、それでいて身のこなしも軽やかな少女だ。光のライオンは、彼女を守ろうとするように、そばに付き添っていた。

自分を見つめるわたしのまなざしの意味をどうとらえたのか、少女はひらりと木の葉が舞うようにこちらに背を向けた。人波の中に紛れていこうとする。わたしは、無意識のうちにそのあとを追おうとしたのだけれど、

「響呼先生、ほら、クロークに行かないと」

張り切っている満ちる先生に後ろから腕を引かれ、ひなぎくと一緒に、クロークを目指して並ぶ行列へと引き込まれたのだった。

（ライオンかあ……）

光のようだったあのたてがみは、いまも目の奥に焼き付いているけれど、列の中からもう一度そちらを見ようとしても、もうあの少女とライオンの姿はどこにも見えなかった。

パーティの前の賑わいの中で、することもなく列に並びながら、ふと思い出す。あれは夏の終わり頃、仕事を終えた夜明け前に、佐伯老人から昔話を聞いたことがあった。夜が終わり、朝がまもなく訪れようとしている、花咲く中庭の、その古いベンチに、ひとり彼が腰を下ろし、何事か物思いにふけっているようだったので、何気なく声をかけて――そのまま、聞くともなしに昔話を聞いたのだった。

丘の上に建つホテルの中庭の、ベンチのそこからは、植え込みの塀の間に、遠く海が見える。夜のよどんだ波の色が、日の光を受けて、朝の金と銀に輝きはじめるまで、そこでわたしは老人の言葉に耳を傾けていた。

あのときたぶん老人は、誰かに話を聞いてほしかったのだろうし（それはきっとわたしでなくてもよくて、いっそ人間でなくてもよかったのだと思う）、わたしも魂を注ぎ込んできた仕事がひとつ終わったあとの解放感から、誰かに温かく優しくしてあげたかったし、人恋しくもあったのだろうと思う。

問わず語りに聞いたのは、こんな物語だった。――ホテルの古い住人、元さすらいの魔法使いこと、佐伯銀次郎《ぎんじろう》老人は、かつてアメリカのある歴史あるサーカス団で名前を馳《は》せた、一流のピエロにしてマジシャンだった。

元は日系移民の子どもとして苦労して育ち、幼い時に一度だけ見た、マジシャンのマジックに憧れ、十代の頃にサーカス団に加わった。その手品がほんとうに魔法だと子どもの頃は信じ、いつか旅のサーカスのそのあとをついていけば魔法を教えてもらえると信じて、マジシャンになることを夢見ながら成長したのだった。

家を出てついにサーカスに追いついた十代の頃には、手品は魔法ではないとわかっていたけれど、でも、だからこそその技を知りたいと、そう団長に訴えた。この世界、辛いことの多い世界には、ひとを救う魔法などきっと存在しない。けれど瞬間でも辛さを忘れ、夢を見せることが出来る技術があるのなら、明日を夢見させることが出来る技があるのなら、自分はそれを学びたい、この手で魔法を使いたいのだと、訴えたのだった。

小柄な姿と地味な容姿を馬鹿にされ笑われつつ、長く苦しい下積み生活を耐えた。やがて知性と器用さと柔らかい物腰、苦労を重ねてきた故の笑顔の魅力も手伝ってめきめきと頭角を現し、スターになった。その頃には彼の努力と才能を認めたサーカスの仲間たちが、彼を応援してくれるようになっていた。

常にいちばんの友であり理解者だった、サーカスの花、ブランコ乗りであり猛獣使いでもあった美女と結婚し、男の子と女の子とふたりの子どもにも恵まれた。夫婦共々、育ちが幸福ではなかったので、ひとびとを幸せにするための仕事が出来ることが喜びだった。マジックも綱渡りもそして猛獣使いも、誰かを幸せにするための魔法。偽りの魔法かも知れないけれど、サーカスのテントの中だけでも、その短い時間の間だけでも、魔法の技を使うことが出来る自分たち。それを仕事にすることが出来て良かった。つかの間の魔法でも、この世の魔法使いとなることが出来る自分たちは、どんなに幸福なのだろう、と。

舞いあがるブランコの上から、ライトに照らされた舞台から、客席のひとびとの笑顔を見ることが好きだった。驚きの声とわき上がる拍手の音に包まれ、その中で胸を張り、お辞儀をすることが誇らしく生きがいだった。

けれどある日、妻がロープから落ちた。その日、風邪をこじらせて熱があったのに、お客さんが待っているから、と笑顔で舞台に出て行き、そして落ちたのだった。

それがまるで芝居ででもあったように舞台は続いた。その場からたんかに乗せられ、テントの裏へと連れて行かれながら妻は身を起こし、客席に笑顔を見せ、投げキッスを送った。

佐伯さんはピエロの姿のまま、妻のそばに走り寄った。舞台衣装のままの妻は大丈夫だから、と微笑んだ。そして彼をいつものように抱きしめ、さあ、と舞台の方を指さした。

彼は駆け戻った。いつも通りに舞台に立ち、笑顔とおかしな仕草で観客たちを笑わせ、鳩や花を何もない空間に放って、ひとびとにつかの間の夢を見せた。いつも通りにたくさんの拍手が渦を巻き、彼を包んだ。

サーカスのすべての出し物が終わった。彼は妻のもとへと駆けつけた。

そのときには妻はもう目を開けることはなかった。病院に運ばれることもないままに、彼を舞台へと見送ったあのあとすぐに妻はひとり天国へと旅立っていたのだった。騒ぎにならないように、出し物の流れが途切れないように、と、妻は団長に懇願し、そしてそれがサーカスの花の最期の願いだと直感した団長と仲間たちは、彼女の言葉に従い、いつもの通り何事もなかったようにその日の出し物を続けたのだった。

観客たちは悲しいことは何も知らず、何事もなかったように家へと帰って行く。けれど佐伯老人と妻の愛したライオンは、もはや動かない妻のそばにうずくまったのだった。

不幸はそれだけでは終わらなかった。妻がかかっていたのと同じ風邪にまだ乳児だった娘もかかり、ぐずっていたのだが、その子もまた、その風邪から肺炎になり、あっけなく死んでしまったのだった。

そして彼は笑えなくなった。

大切な仕事がある。もうひとり残った息子、幼い子どもを抱えて、父親としてもがんばらなければいけないはずだった。けれど暮らしている中で、ふと気がつくと涙がはらはらとこぼれ落ちている。舞台に立とうにもピエロのメイクをしようとする、そのそばから化粧が崩れてゆく。

そして、たくさんの観客の前に立つ彼は、楽しい音楽の中、いつものように両手を広げて観客たちに笑いかけようとしても、笑顔になることが出来なかった。手品をしても、ふざけた演技をしても、自然と涙がこぼれた。その涙を芝居だと思う客たちが、彼に大きな拍手を送った。彼はほんとうの涙を流しながら、舞台の上でピエロを演じた。

ある日、出し物が終わるとき、その日の最後の挨拶のときに、こみあげる嗚咽《おえつ》を自らの手を噛むようにして抑えながら、彼は自分はもう舞台には立てないと思った。客席に頭を下げながら悟った。何よりも好きな仕事、子どものときから憧れて立った場所のはずなのに、もうここでひとを笑わせることに何の意味も見いだせなくなっている自分に気づいていたのだ。

いまここにいる誰かを笑わせたとて、なんになるというのだろう？　つかの間の魔法を見せて、笑顔になってもらい、夢を見てもらっても、なんの意味があるのだろう。

世界に魔法は存在しない。いやひょっとして世界のどこかには存在するのかも知れないけれど、少なくとも自分はほんとうの魔法使いではない。サーカスに魔法はない。これはまがい物の魔法で、たとえ命がけの演技で誰かを酔わせ、笑わせたとしても、それもつかの間のこと、ピエロの妻子が死んだように、みんないつかは死んでしまうのだ。それならば、つかの間の夢にどんな意味があるのだろう？

彼はサーカスを離れようと思った。

けれど、彼の息子はついていきたいとはいわなかった。ライオンとともに残るといった。彼の小さな息子には、妻譲りの猛獣使いの才能があった。赤ちゃんの頃から一緒に暮らしていたライオンを家族のように思い、声を出さずとも、見事に操ることが出来た。親友だったサーカス団の団長の息子にその子を任せて、彼はひとりでサーカスを去ることにした。ピエロの衣装と魔法の杖、妻と撮影した写真を持って、サーカス団を去った。行く当てもなく傷心のままに父祖の地である日本にきた彼は、竜宮ホテルへとたどりつき、そこで暮らすようになった。手先が器用なこと、好奇心が強いこと、そして人間が好きなことが、ホテルの仕事でも役に立った。海外をさすらって暮らしていたことが、内外の客との会話に役立った。自分はサーカスにいなくても、食べていけるのだということに、彼――いまより若かった頃の佐伯銀次郎は気づいた。

彼は竜宮ホテルの住人になり、それから長い年月が流れた。ただひとりの家族である彼の息子からは、たまに連絡があった。いまは成人し、かわらずにサーカスで働き、いやもう立派なサーカスのスターとなった息子は、アメリカで美しい女優の妻をえて、授かった娘とともに幸せに暮らしているらしい。父さんが懐かしい、こちらに戻ってこないかと呼ぶ手紙やメールを、佐伯老人は楽しみに受け取りつつ、海を渡る気になれなかった。

いまの自分には、もう、サーカスでの日々に帰るつもりはない。あのまがい物の魔法で彩られた世界に帰っても、できることはないのだ、と思っていた。

「昭和の時代のあの頃、このホテルに迷い込んだのは、魔法の気配に惹かれたからかも知れません。この世界にはひとを救う優しい魔法はないのかも知れないと思っていても、どこかに本物の魔法や奇跡があってほしいと思わずにはいられなかった。もしそんなものが顕現する場所があるとすれば、ここ竜宮ホテルかも知れないと思いました」

実際に、と、老人は目元に緩く優しい皺をよせて微笑む。わたしを振り返って。

「実際に、魔法に遭遇する日がくるとは思っていませんでしたけれどね……」

空から降り注ぐ、朝の日差しに眩しげに目を細めながら、ベンチに腰掛けた老人は笑った。ひざに置いた両手を、軽く握りしめて。

「魔法も、奇跡も存在しうるものなのだと——もっと昔、若い頃に知っていたら、わたしの人生は違っていたのかもしれませんね」

朝の空を見上げながら、遠い目をした。

優しい優しい微笑みを、口元に浮かべて。


(死神の箱——)


血で染めたような色をしていた、あの箱のことをわたしは思う。

佐伯老人は、何を思って異国の地の夜市であの箱を手にし、買うことにしたのだろう。トランクの片隅に入れて旅をし、いまも部屋に置いているのだろう。

その答えはわかっているようで、自分にもその心はわかるような気もして。

わたしは十二月のホテルの華やかすぎ眩しすぎるその場所で、ひとびとの笑い声や楽しげな話し声を聞きながら、少しだけため息をついた。


(死神と、魔法使い、か……)


あの朝の物語を聞いたとき、わたしは佐伯さんに何か言葉をかけてあげたくて、少しでも話し相手になってあげたいと思って、ふと思い出したことを口にした。

「子どもの頃、古いビデオで見たアニメで、『魔法少年ソラ』というのがありまして」

口にしたとたん、なんだか自分が空気を読めていないような気がしたのだけれど、そのまま話を続けた。「異世界の魔法の国から、魔法使いの少年がこの世界にやってきて、いろんな冒険をする話なんです。――それで魔法の国からソラくんのお友達の魔女の女の子が訪ねてくる話があって。その女の子がソラくんより魔法がうまいんです。魔法書を開いて魔法の呪文を唱えて、街に現れた悪霊を退治するんです。――街を守って華麗に魔法の王国に帰っていくんです。わたし……」

わたしは夜明けの空を見上げた。小さな頃に見たアニメなのに、いまも目の奥に、その情景が焼き付いているようだった。

魔女の女の子は、地上で友達になった普通の人間の子どもたちと、魔法使いのソラくんに手を振りながら、魔法書を抱え、ほうきにのって、夜明けの空に舞い上がっていくのだ。はるかな異世界、故郷の国に帰るために。

「――わたし、自分に魔法が使えたら、あんな風に魔法書を読んで、魔法の呪文を唱えて、友達や好きなひとを守るなんてことが出来たらいいなあと思ったんです」

子どもの頃、友達なんてひとりもいなかった。ひとに見えないものを見てしまい、あやかしや妖精と語らい遊ぶ、そんな女の子は気味悪がられるだけだった。少し大きくなってからは、自分の方でもひとから遠ざかるようになった。――わたしと親しくなった誰かには次々と不幸が襲いかかり、災難に遭い、怪我をすることが続くように思えたから。

自分と友達になりたい誰か、自分に笑顔を向けてくれる誰かを不幸にしないために、そのひとから遠ざかる日々を過ごしてきた。

だから——。

そんな死神のような自分ではなく、不幸の種をまく存在ではなく、明るい声で街を守るための呪文を唱えることが出来るような少女になれたら、と夢見たのだ。

そういう話を、ぽつぽつと佐伯老人に話した。朝になってゆく空を見ながら。たわいもない子ども時代の思い出話を、彼がどう思ったかはわからない。少しは気が晴れたのかどうかも。やがてどちらからともなくベンチから立ち上がったとき、老人はいつも通りの笑顔になっていて、ありがとうございました、とわたしにいい、ふと思いついたように、自動販売機の熱い紅茶をおごってくれたのだった。

(魔法書、かあ……)

わたしはふっと笑う。気がつけば、いまわたしはそういうものがある場所に住んでいる。

——竜宮ホテルには古い図書室があって、そこには、ホテルの最初の代のオーナーだった錦織羽兎彦《うとひこ》が書き記したという、魔法の本もどうやら交じっているらしいのだ。あのホテルで暮らすようになってまだそうたたなかった頃、何かの弾みに、いまの代のオーナー草野辰彦先生にそう聞いた。そのひとは魔法や錬金術に興味があって、研究していたという伝説の残る人物らしい。冗談交じりみたいな言い方だったし、あの先生は何しろ小説家だから、どこまでほんとうの話かわからないけれど。

子どもの頃に願った思いは、いつか叶っていることが多いと、以前何かの本で読んだ。あれはどこの国の言い伝えの話だったか。

子どもの心は純粋だから、それだけ神様や奇跡に近く、祈りはそれを叶える力を持つ、誰かの心に届いてしまう。だから願い事も叶いやすいのだけれど、時としてその願いは、叶うまでに長い時間がかかってしまうこともある。

そういうとき、子どもは自分の願い事を忘れてしまっていることもあるのだ。――もうおとなになってしまったとき、そのときになって願いが叶っても、本人はそれを覚えていないのだと。

自分が願ったという、そのことさえも。

（その魔法書、読めるものなのかなあ）

もし図書室に本物の魔法書があったとして（そう想像するのは楽しいことだった）、わたしにはそれが読めるのだろうか。アニメみたいに異世界の言葉、なんてことがなかったとしても、やっぱり外国語で書いてあったりするんじゃないかと思うし。それが日本語だったとしても、崩した筆の字で旧仮名だったりしたら、すらすら読める自信はないなあと思ったりする。

もし魔法書を手にしたとしても、昔のアニメの魔法少女みたいに、あんな風に華麗には呪文を読めないな、なんて想像して、わたしはひとりくすくすと笑った。

それにしても、クロークに並ぶ列は長かった。ひとが多い場所にくることはあまりないので、並ぶだけで疲れてきた。ふだんはかないヒールの高い靴も、つま先の細さが痛い。目立たないようにそっと足踏みをしながら、隣のひなぎくを見ると、この子もやはり疲れたようにうつむいてため息をついていた。さっきまでぴんと立っていた黒い二つの耳が、伏せている。握ったままだった片方の手に、そっと力を込めると、ひなぎくは顔を上げ、わたしに微笑みかけてきた。

「中に入ったら、美味しいものがありますからね。——それと……」

それと、パーティ会場で楽しいものってなんだったろう？　わたしは眉間《みけん》に指をあてて考える。食事の他というと、お酒？　わたしはこういったパーティ会場で、それをほとんど口にしたことはなかったけれど、たしかいくら飲んでもよかったはずだ。でも、ひなぎくは子どもだから関係ない。

となると、ええと、誰か友達と盛り上がって話すとかなのだろうけれど、考えてみれば、この子と話が合うような年齢の子どもがパーティ会場にいるものなのだろうか？

さっき見かけたライオンの幽霊づれの女の子のことを思い出す。あの子がパーティ会場にいてくれればいいのにな、とちらりと思う。なんだかわけあり風だったけれど、それをいうならひなぎくだってわけありもいいところなので――いやどうだろう？

ここへきて、この場にひなぎくをつれてきたことがはたしてよいことだったのかどうか、わたしにはわからなくなってきていた。

「あの」と、わたしは身をかがめて訊いた。

「……もし疲れるようだったら、竜宮ホテルに帰ってもいいんですからね。そうします？」

ひなぎくは少しだけ首をかしげた。そして、顔を上げて、いいえ、と笑顔で答えた。

「ぱーてぃにくるの、夢だったんです。だから、もうちょっとがんばります」

お城の舞踏会に参加するみたいですよね、と、彼女は頰を赤く染めて笑った。

わたしはうなずき、そして笑顔を返した。

彼女ががんばるというのなら、よし、ここはひとつおとなとして、わたしもそれなりにこの場所で楽しみを見いだしてみようと思った。

パーティ会場の華やかさを見て覚えておけば、あとで作品に生かせるだろう。友達を作る、というのは無理でも、この場だけでも楽しく話せる知り合いが出来るかも知れない。

――と、思ったとき。わたしはふと、こちらを見つめる視線に気づいた。高級そうな和服を綺麗に着こなした年配の男性が、会場の入り口の辺りから、遠く、こちらを驚いたようなまなざしで見ている。いい感じに白くなった前髪がはらりと額にかかっていて、その下の瞳は猛禽類《もうきんるい》のように鋭く、痩せた頰はそぎ落としたよう。口元は強い意志を感じさせつつ、どこか皮肉な感じに見える。和装のせいか、どこか剣豪めいた雰囲気があった。

年齢不詳な感じだけれど、草野辰彦先生と同じくらいのように見えないこともない。

(どなただったかな?)

そう思ったのは、そのひとがわたしのことを知っている誰かを見るまなざしで見つめているような気がしたからだった。――けれどわたしはそのひとのことを知らない。

知らない、と思った。

(だけど……)

自分の記憶に自信を失っていたわたしは、そのひとに曖昧《あいまい》に会釈をしてみた。

何を思ったのだろう、そのひとはむっとしたような顔をすると、肩を怒らせて、こちらに背を向けた。そのまま開いている扉から、会場の方に入っていく。

わたしはきょとんとして、ただまばたきを繰り返す。と、扉の向こうに去ったそのひとの代わりのように、美しい和服を着た女性が、すうっと視界に入ってきて、こちらに向かって笑いかけた。扉の方を振り返りながら、仕方のないひとでごめんなさいね、と、そうそんな仕草と表情で笑う。雪と桜の柄の着物が美しかった。

消えた男性よりは若く見えるけれど、奥さんなんだろうな、と思った。そんな気がした。そのひとの笑顔はどこかしらなつかしかった。——瞬間、あれ、このひとなんだか知ってる気がする、と思った。どこかであったことあったかな。なにか、見覚えがあるような……。よく知っている誰かのような。

考え込んだとき、満ちる先生が、「ほら、順番が来たわよ」と、わたしとひなぎくの手を引いて、クロークの方にむき直らせた。

わたしはそちらを振り返り、カウンターの向こうの笑顔のホテルマンたちに自分のマント（といってももちろん、満ちる先生から借りた、『映画女優が着るようなマント』だけれど）を軽く畳んで渡した。

そしてもう一度あの着物の女性が立っていた辺りを振り返ったけれど、もうそのひとはいなかった。

会場に入ったんだろうか。それならまたあえるかもしれない、と思った。

それからゆるゆると思い出した。——あの高級和服姿の男のひと、あのひとのこともっぱり何となく知っているような気がする。

（なにか――そう、雑誌か新聞で見たような）

こちらを見て驚いていた顔はともかく、あの鋭いまなざしと、皮肉な感じの口元は、どうも知っているような気がするのだ。

うーん……首をかしげながら、張り切って前を歩く満ちる先生の赤いチャイナドレスのあとをついて歩く。――そのときだった。

「水守……先生？」

後ろから、ためらうような声がかかった。

「はい？」

聞き慣れた声に振り返ると、あっけにとられたような顔をした寅彦さんが立っていた。

「あら……」

おそらく同じような表情をわたしは浮かべて、その編集者の顔を見つめる。

「錦織さん……やつれて、ますね」

思ったことがそのまま口に出てしまった。それほどまでにそのひとは、疲れ果てたような姿と表情だったから。

印刷所から直行だといっていたとおり、服装はごく普通の、といっても常にこのひとが身にまとっているレベルの、恥ずかしくない装いのスーツにネクタイ、靴だった。パーティにくるための服としてはいささか馴染まないといえるのだけれど、編集者という黒子を演じる職種の装いとしては必ずしもありえない姿だとまではいえなかった。何よりも、寅彦さんは育ちと姿勢がいいせいもあって、おそらくは何を着ていても、上品に見える。

が、そんな彼であるにもかかわらず、今夜豪華なシティホテルのシャンデリアの下にいるそのひとは、いつもとは別人めいて不健康にやつれていた。無精ひげとまではいわないけれど、微妙にそり残したあとがある。

「あ……申し訳ありません。ちょっと寝てなくて。ええと二日と半、くらいですか……」

言葉にいつもの余裕と切れがなかった。眼鏡で隠れてはいるものの、目の下にはしっかりくまがあり、髪も乱れている。

「飛行機に乗って、遠方の著者との打ち合わせがありまして。行きにラウンジで少し寝たんですが。飛行機の中ではいただいた原稿を読まなくちゃいけなくて、眠るわけには……急いで印刷所に入れなくてはいけない原稿だったので」

「そ、それは大変でしたね」

自分の経験からして、一日と半、三十五時間くらいなら寝なくてもなんとかなるとわかっている。いやそれを推奨するわけではないけれど、たとえば〆切り前に寝ないで元気に小説を書いていられる時間が大体それくらいだった。——二日と半。それはちょっと。

ははは、と、寅彦さんはうつろな目で笑う。「でも無事に校了しましたから」

「あの、寝た方がいいんじゃ……」

「いいえ、大丈夫です」

すうっと目が上がった。眼鏡をかけ直し、わたしの傍らにいるひなぎくに笑いかける。

「ひなぎくちゃんに、今夜のパーティはいっしょにいくね、って約束してたんですよ。

——それに……」

それに、ともう一度繰り返して、そして言葉を濁した。いいにくそうに、いった。

「……そのドレス、とても美しいと思います。ええと、ええと、そうだ、いつか、大きな賞を受賞したときは、その姿でいきましょう！」

「あ、ありがとうございます」

わたしは頭を下げた。「でもあの、このドレスは、満ちる先生にお借りしたもので」

ああもう、とそのとき、満ちる先生が、前に出てきて、呆れたように寅彦さんにいった。

「そういうときはね、『美しい。とてもお似合いですね』っていえばいいの。ドレスを褒めるんじゃなく、本人を褒めるの」

ぱあっと寅彦さんの顔が赤くなった。

「い、いやそれは……そんな、ぼくは」

あとずさりしながら両手と首を振る。

「そして響呼先生」満ちる先生は、今度はこちらを振り返る。

「褒められたのは、ドレスじゃなくて」

「ドレスじゃないとしたら……愛理さんのメイクとヘアスタイリングでしょうか？」

「…………」

満ちる先生はなぜか肩を落とした。そして、手にしていた羽根付きの扇子で、寅彦さんの胸の辺りを叩いた。

「そんなんじゃ、誰かに大切な先生をとられちゃうわよ。さっきも安斎秀一郎《あんざいしゅういちろう》が、遠くから響呼先生に見とれてたんだから」

「えっ」寅彦さんの頰の辺りがひきつる。

「安斎先生がですか？」

「そう。もうたいそうご執心な視線で」

いやそれは大げさだと思う。なんでこの先生はいつも、話を大げさに盛るんだろうか。

その言葉を訂正しようとしながら、わたしはようやく思い出してすっきりしていた。

ああそうか、さっきのあの和服の紳士は、安斎秀一郎だったんだ。ベストセラー作家の。

そのひとの本は好きなので、過去に何冊も読んだことがあった。人嫌いだとかで、メディアへの露出は少ないのだけれど、本のカバー裏には写真が載っていることもあるし、書店のPOPや新聞広告で写真を見たこともある。大概不敵な笑みを浮かべているか、めんどくさそうにそっぽを向いている写真だった。以前、どこかの出版社のひとに聞いたことがあるのだが、描いている作品と風貌があうとかで、新刊が出るごとに、作家の写真を使いたい出版社と、そういうことを好まず、かつ天《あま》の邪鬼《じゃく》でいうことを聞こうとしない作家との攻防戦が繰り広げられているのだそうだ。

「……ああ、あの先生、風早の岬の竹林の辺りに別荘兼書斎をお持ちですものね。一応は、ここの住人ですからね。そうですか、パーティにきてる……きてらっしゃるんですか」

言葉に微妙にとげがあって、それはこの温和な編集者には珍しいことだった。

「どうせ親父が声をかけたんでしょうけど、余計なことをしなきゃいいのに」

疲れた声でいった。「あんな作品描くような作家、こういう場にはふさわしくないでしょうし、本人もきたくないんじゃないですか」

「えっ」と、わたしは訊き返した。

「ホラーってクリスマスとも馴染みますよ。ほら、『暗闇にベルが鳴る』とか」

安斎秀一郎はホラー作家だった。その昔は伝奇小説や伝奇小説風味の剣豪小説も書いていたのだけれど、この十年近くは怪奇小説の大家としてヒットを飛ばしていた。映画化も一度や二度ではなく、ハリウッドで映画化されて全世界で上映されたこともある。

そういえば、寅彦さんの父親、草野辰彦先生とは、最初の本が出たその年が同じ、友人の少ない安斎先生はなぜか草野先生とは馬が合い、仲良く交流をしていると、以前雑誌で読んだことがあった。

寅彦さんが驚いたような顔をしたので、あわてて言葉を付け加えた。

「あ、かわいめのでいうと、ほら、『グレムリン』もクリスマスでしたよね？」

「ぼくはそういうことをいってるんじゃなくてですね……」

「映画じゃなく小説で、という意味でしたら、古典の『クリスマス・キャロル』がありますよね。そもそも英米の怪奇小説は冬やクリスマスが舞台だったり、相性がいいものが多いじゃありませんか？　ほら、キングの『シャイニング』とか……」

満ちる先生が、呆れたようにいった。

「響呼先生、ここは英米じゃなく日本よ」

そのままわたしたちをうながすようにして、会場の方へと歩き出す。

「あ、そうか。そうでしたね」

わたしも足を進めながら、

「ここ、日本のよい子のためのクリスマスにはたしかに、マキャモンのモダンホラーみたいに、死体がごろごろ並んで内臓と出血が大サービスみたいな、安斎先生の作品ってあわないかもですねえ……」

「水守先生」歩きながら、げっそりしたような顔で、寅彦さんがいった。

「ああいう作品を読むんですか?」

「え? 好きですよ」

「はい?」

ええと、とわたしは歩きつつ苦笑する。

「わたし、十代でデビューして、そのときから、かわいらしいメルヘンやファンタジー小説ばかりを書いてきましたけど……」

「はい。先生の作風は、透明感がある、読むと癒やされるような、美しいファンタジーですよね。子どもからおとなまで安心して読めるような」

「それはそういうご依頼が来るから書いているだけで、自分は幻想小説作家だと思ってます。なので、その一分野であるところの怪奇小説は子どもの頃から大好きですよ。つまりはモダンホラーも。ついでにいうとSFや、新本格と呼ばれるような、幻想小説寄りのミステリーも好みです」

子どもの頃、うちにはお金がなかった。わたしの学費のためにと貯金をし、一生懸命働いている母さんを見てきたから、新しい本が読みたくてもそういえなかった。引っ越しが多い家だったから、そもそも本を買ってうちに置くなんてこと、夢だった。よく映画に出てくるような、壁一面の造り付けの本棚や、背丈ほどもあるような本棚なんて、夢に見るほど憧れたものだ。

なので、古本屋さんに通って、本を買った。日に焼けて十円二十円に値下げされた文庫本を見つけると端から買って読んでいた。ジャンルなんてどうでもよかった。そこに活字さえあれば、どんなものでも読んだ。

そんな中で、ポーやキングや中井英夫《なかいひでお》の作品と出会った。雑誌の「幻影城」や「幻想文学」「SFマガジン」や「奇想天外」を買って読んだ。古書店にある本だったから、買うことが出来た。黄ばんでいても、何度も読み返す宝物だった。

ああ、わたしは、こういう物語が好きなんだ、と思った。この世界のすぐ隣に存在していながら、うかつにその世界への扉を開けると、二度と戻ってこられなくなる世界。生と死とが甘やかに接していて、死者たちが通りのすぐそばを歩いているような、そんな世界。あやかしを見るわたしの左目から見える世界と似ていて、もっと怖くてあやうくて暗い、闇とたそがれ色の世界。

それが優しくて明るい、かわいらしい童話のようなファンタジーを描くようになったのは、若干少女趣味だった母さんが、そういうお話を好んだからで、そして新人賞の場では、やはりそういった作品が求められていたからだった。

もちろん何よりわたし自身も、そういった明るくかわいい癒やしの世界を嫌いではなく、描くことが楽しかったから、というのも大事な理由の一つだった。

「わたしはかわいい癒やしの世界だけを描きたい作家じゃないですよ。ときどき自分が、癒やし製造機みたいに思われてるんじゃないかと思うときもありますけど」

言葉に苦笑ときつめの響きが混じってしまったのは、その夜そのとき、わたしも疲れていたということなのかも知れない。

「ホラー小説は幻想小説の一種ですし、ですからわたしは安斎先生の描かれるような世界も好きで、よく読むんです。——あの先生、ストーリーテリングがうまいですよね。文章もとても技巧的で、何より美しい文章ですから、尊敬しています」

会場にたどり着く。開け放たれた扉から中に一歩足を踏み入れると、そこは巨大なシャンデリアの明かりがきらきらと降り注ぐ、広々とした空間だった。このホテルが大きいことはわかっていたけれど、向こうまで見渡すと、宮殿のように広く見えた。

ひときわ賑やかなざわめきがからだを包み込み、支度が調《ととの》いつつある料理の匂いがふわりと漂ってきた。お酒の匂いもする。宴はまだこれからだけれど、もう飲み物は供されているので、シャンデリアの下、ワインやビール、ジュースを手に談笑している人々がいた。暖房が強めなのか、人いきれのせいか、部屋の空気は暖かいを通り越して暑く感じた。

「安斎秀一郎のあの、ねちっこく饒舌《じょうぜつ》で過剰な文章をうまいと思われるんですか？」

そのとき寅彦さんが、軽くくってかかってきたのは、やはりきっと疲れのせい。常ならば、あのテリア犬のような笑顔で困ったように笑い、話題を変えていただろうと思う。満ちる先生とひなぎくが、目と目を合わせ、肩をすくめて、やれやれという表情をするのが目のはしで見えた。

「ええ。怪奇小説の描写にはもってこいじゃないですか？　死体の描写にも、アクションシーンの描写にも。臨場感があっていいですよね。胴体の切断面とか。先日でた新刊の、『死霊無宿』で、主人公の実はゾンビの若い刑事が、悪霊に取り憑《つ》かれたヒロインに鉈《なた》で片手を切り落とされたとき、慌てず騒がずもう片方の手でそれを拾い上げて、また手首にくっつけたあたりの描写とか素敵でした」

「――素敵……素敵っていうんですか、あれ」

「実に美しく的確な文章でしたよ。あんな描写をわたしも出来るようになりたいです」

半分振り返って、そういったとき、背中が誰かに当たった。同時に寅彦さんがぎょっとしたようにわたしの後ろを見る。見上げる。

わたしは慌てて背後を振り返り、ごめんなさい、と謝ろうとして——、

「……安斎先生？」

一瞬言葉を失った。

あの和服の紳士、安斎秀一郎が、恐ろしいほど不機嫌な顔をしてそこに立っていた。わたしは女性にしては背が高い方なのだけれど、それが見上げるほどの長身だ。草野先生と同じくらいの身長ではないかと思われた。

奥さんらしき、あの着物のひとは、いまはそばにはいないようだ。

わたしたちの会話を一体どの辺りから聞いていたのだろう。そのひとは、猛鳥のような鋭い目で、寅彦さんの方をねめつけた。

「『ねちっこく饒舌で過剰な文章』で悪かったねえ。櫻文社編集部の錦織寅彦くん？」

う、と、一瞬寅彦さんが詰まったのがわかった。でもすぐに持ち直したように、微妙に引きつった笑顔で応じた。

「名前を覚えていていただけて、光栄です」

「そりゃあ、草野の息子のきみのことは、半ズボンはいてた時代から、何かと見かけて知ってるからね」

ふんと鼻で笑う。「あの小さかった少年が立派に育って、ひとの文章についてあれこれいうようになったかと思うと感慨深いものがあるな」

視線を返すと、身長差があるので、見下ろす感じになった。寅彦さんは父親に似ず、どちらかというと小柄だったから。

目に見えてむっとした顔になった寅彦さんが、安斎先生を見上げる。

「つまり、錦織くん、きみはわたしの書くような文章が嫌いだということだね？」

「——はい」

満ちる先生が後ろから寅彦さんの肘《ひじ》の辺りをつかむ。なんだかんだいってこのひとは世話焼きの善人なのだけれど、一歩遅かった。

安斎先生は、まるでそのひとが物語の中で描く魔王のようなものすごい笑顔になった。

「それはちょうどよかった。わたしもきみの作るような本が大嫌いだからね」

「……仕方がないですね。読み手にはそれぞれ、好みもあれば、そもそもの読書能力の違いもありますから」

「ほう。きみはあれか。このわたし、安斎秀一郎の読書能力が劣るといいたいのかな。たかだか娯楽もののホラー小説を書くような人間には、自分の作る繊細で高尚で美しい本は、理解できないに決まっていると」

たとえばこれが、ローカルのパーティではなく、出版社主催の宴だったら。この段階で誰かが不穏な気配に気づき、止めに入っていただろうと思う。たとえば寅彦さんの上司、編集長の翠子《みどりこ》さんあたりが。

けれどこれは地元のシティホテルのクリスマスパーティ。そこにいるたくさんの人々は旧交を温め合い、一年を振り返って盛り上がるひとばかり。作家と編集者が静かにもめていても、自分たちの話に興じる方に夢中で、止めるひとなどいやしないのだった。

ただ満ちる先生が扇子を口元に当てて眉間に皺を寄せて悩み、ひなぎくがわたしの手をぎゅっとつかみ、身を寄せるようにして、寅彦さんたちを心配そうに見守るだけで。

安斎先生が近くのテーブルから、見慣れない銘柄の日本酒の小さな瓶を二つ三つ持ってきた。地元の宴のこと、この風早の地酒なのかも知れなかった。

何を思うのか安斎先生は、それをワイングラス二つになみなみとついだ。そして、一つを水を飲むようにあおると、もう一つをさあ、と、寅彦さんに勧めた。

ためらう寅彦さんに、安斎先生は笑った。

「毒など入れていないよ。——それとも、こういう下品な飲み方は受け付けないかい？」

言葉にしなくとも、これだからお坊ちゃんは、という一言が聞こえるようだった。

寅彦さんは顔を赤くしてワイングラスを手に取り、勢いであおった。

面白い、というように安斎先生はにやりと笑い、またそのグラスになみなみとついだ。自分のグラスにもついで、美味しそうに飲む。

大丈夫かな、と思ったのは、寅彦さんというひとは、そこまでアルコールに強くないようだと知っていたからだった。基本的にこのひとは、お酒でも食べ物でも、美味しいものを少量いただいて満足するたちだった。そのあたり、同じグルメでも、父親である草野先生が健啖家《けんたんか》なのとはまるで似ていなかった。

「錦織くん」

安斎先生がワイングラスの地酒を楽しみつつ、言葉を続ける。「この夏に刊行された、櫻文社の本、野呂耕陽《のろこうよう》の『ひまわりの墓標』ね。わたしは野呂とは同人誌時代からの古いつきあいだから彼から献本してもらって読んだんだが、あれはきみが作った本だろう？　なぜ知ってるかって、櫻文社は奥付に担当編集者の名前を入れるからね。読み終わって、まったく仕方がないなあと思ったよ。こんなに窮屈で読んでいて疲れる本を、よくまあだしたものだと。その割に内容も浅いし、俗っぽくまとめられてしまっているし。野呂耕陽という作家の良さをまるで生かせていない。

駄目だね、あれは」

ぎし、と寅彦さんが奥歯をかみしめた、それがわかった。

その本は、寅彦さんがこの二年をかけて作り上げた本だった。

野呂耕陽というのは、かつて大きな賞を取り、もてはやされた時代もあった小説家で、けれど文壇の雰囲気と華やかさに嫌気が差し、筆を折って田舎に帰り、中学校の教師になったという人物だった。寅彦さんはそのひとの文章とひととなりが好きだったそうで、新人編集者だった時代から三年かけて季節ごとに手紙を書き、野呂先生の住む山里を訪ねてゆき、そしてついにはそのひとの心を開き、再び筆を執らせたのだそうだ。

『ひまわりの墓標』は、旧満州、中国東北部で少女時代に暮らしていた女性が、終戦後、家族を失いながらひとり日本に引き揚げてきて、貧しい時代の日本で安く美しい衣料品を作り売る会社を立ち上げた、そのひとの一代記だった。

貧しい少女でも身にまとうことが出来る美しい服を作り、日本中の少女にかわいらしい服を着せてあげたい、寒くないようにしてあげたい、と夢見た彼女の願いは叶い、社会的に成功する。けれどバブルの時代とその崩壊を経て、老境になってから身内の裏切りにあい、すべてをなくしてしまう。そんな彼女が、夏のある日、絶望して旅していった先で見た見事なひまわり畑、それをきっかけに再び立ち上がることを決意する、という物語だった。

最初と最後に登場する一面のひまわり畑の描写がとても美しかった。表紙と帯にあしらわれた写真のひまわり畑は文中の情景をそのまま写真にしたかのようだったけれど、その写真は実は寅彦さん自身が遠くポーランドに撮影に行ったもので、「以前旅行のとき、たまたまそのひまわり畑を見て、それが記憶に残っていて、あの畑の写真を使うしかないな、と思ったもので」思いついてすぐにポーランドに飛び、現地から信頼しているデザイナーにデータを送って、デザインしてもらったのだそうだ。

「いい感じでひまわりが咲いていてくれて、助かりましたよ。正直、ひまわり畑がもうなくなっちゃってたらどうしようかと思って飛行機に乗ったんですけどね。いつも思うんですが、いい本を作りたいとひたすらに思っていると、まるで神様が味方してくれているように、タイミングがいい方に回っていくんですよね。元々ぼくは運がいい方なんですが、それがさらに恐ろしいほどに幸運のつるべ打ち、という感じになっていくんです」

そのときの旅費は本の価格に上乗せしないために自腹を切ったのだそうで、つまりはそれほどに、寅彦さんはその物語と著者に思い入れがあったのだ。物語の主人公のモデルになったのは、作家の老いた母。実際には身内の裏切りにあったあと、惚《ぼ》けて弱ってしまい、いまは施設に入って一日空を見上げているのだという。そんな彼女にせめて物語の中では違う未来を見せてあげたかった——著者は、そして寅彦さんはそう思ったのだ。

『ひまわりの墓標』のヒロインは、昭和の時代の日本のあちらこちらにたしかにいた人物の象徴であり、そういうひとたちの見た夢と飽きずに続けられた努力が、その後の日本を作っていったのだった。

そっとそっと時代を抱きしめるようにこしらえられた美しい本に使われた本文の紙は、手触りの柔らかい、かすかに黄色みを帯びた紙で、『ひまわり』という紙なんですよ」と、寅彦さんは笑っていった。

「この本にはこの紙しかないと思ったんです」

遠い異国の荒野で家族を亡くした少女が、遺骨もない家族を弔うために、夏の終わりに咲いた丈高いその花を墓標に見立て、その前にぬかずいて祈り、泣いたというひまわりの花。その花の写真で本は飾られ、その名を持つ紙に物語は印刷されたのだった。

寅彦さんが見本をくれたので、その本は読んだ。良い本だった。

「あの本が、窮屈ですか……」

低い声で寅彦さんが訊ねる。

「ああ。本のデザインから帯のコピー、字組に至るまで、隅から隅まで編集者の思いが、いや執念がこめられているような本だからね。素晴らしい内容だろう、感動するべきだ、という押しつけがましさが鬱陶《うっとう》しい」

「感動すべき本を感動するように作って……」

何が悪いんですか、といおうとしたのだと思う。けれどそのとき足下が揺らいだ。手にしたワイングラスが揺れる。こぼれる。

「ああ、もったいない」

安斎先生が笑う。

わたしは横からそのグラスをとり、

「ですね。これはわたしがいただきましょう」

ちょうどのども渇いていたので、そのまま飲んだ。元は冷えていた、あるいは冷凍されていた地酒だったのだろうけれど、いまは生ぬるく感じた。

「……こういうことがあるから、お酒がでてくるようなところは好きじゃないんですよ」

わたしは呟くと、地酒を自分のグラスについで、安斎先生に微笑みかけた。

「いかがですか？」

「もらおうか」

空のグラスを差し出してくる。なみなみとついだ。途中でグラスを引こうとしたのがわかったけれど、気づかないふりをした。

「ぬるくなっちゃったのが惜しいですね」

笑顔で話しかけ、二杯目をいただいた。

安斎先生のグラスのお酒がいくらか減っていたので、そのままつぎ足して差し上げた。

「ああ、いやわたしはもう……」

遠慮しようとしたのがわかったけれど、聞こえないふりをする。

「ご挨拶遅れました。わたし、作家の水守響呼と申します」

腕に下げた青いビーズの縫い取りのあるバッグ（これも借り物だ）から名刺を出そうとして手間取っていたら、満ちる先生がグラスを持ってくれた。耳元でささやく。

「……そんなに飲んで大丈夫なの？　お酒の場、あんまり好きじゃないんじゃなかった？」

ささやき返した。「お酒の場は得意じゃないですけれど、お酒は嫌いじゃないんです」

お酒は嫌いじゃない。ただアルコールが出るような場所はあまり好きではないので、いままでほとんどきたことがなかった。ひとりで飲んでも面白くないので飲まない。――竜宮ホテルで暮らすようになって、何回か住人たちと、夜のコーヒーハウスで楽しく飲んだこともあったけれど、大概がそのあと夜明けまで書かなければいけない原稿があったりしたので、いつも一口二口いただいただけで、部屋に帰っていた。

飲んでも酔わない。顔にも出ない。どこまで飲めるのか、試してみたこともない。

これは血筋なのだろうと思う。母さんがやはり、同じような体質だったから。

「うわばみなのよねえ」

母さんは自分のことをそういっていた。

わたしの名刺を受け取って、安斎先生は和服の胸元から、自分の名刺を取り出し、渡してくれた。名前と住所しかないシンプルな名刺かと思いきや、ホームページのアドレスが書き添えてあった。@nifty のものなので、ネット歴は古いのかも知れない。

安斎先生はわたしの名刺を見て、うなずきながらいった。

「ああ、どなただろうと思っていたら、文章が上手な水守先生だったのか」

「ありがとうございます」

あれ？　と思った。こんなメジャーな先生がわたしの文章をご存じでいてくださったのは、光栄で嬉しいことだけれど、さっきわたしのことを見ていたのは、わたしが誰か知っていて、そうしたわけでもなかったらしい。じゃあなんでこちらを見ていたのだろう。

安斎先生はわたしの名刺をひっくり返しながら、言葉を続ける。

「いつも明るいかわいらしいお話や楽しげなエッセイを書いているけれど、抱えている闇は深いのかな、と勝手に想像していてね」

「闇、ですか？」

「もっというと、光への憧れ、かな。明るい場所に憧れながら、夜、火の側を舞う蝶《ちょう》のような文章だと思っていたのさ。深い孤独を傷のように懐に抱えた」

安斎先生はふっと笑った。

「最近文章が変わったね。以前ほど孤独ではなくなった。――でもまあいずれにせよ、わたしは文章がうまい作家は好きだ」

ありがとうございます、と、わたしはまた頭を下げた。そしていった。

「『ひまわりの墓標』、わたしも読みましたけれど、良い本だと思いましたよ」

「あれが？」

「はい。といってもさっき先生がおっしゃったようなこともわかるんです。――あ、息苦しいという話ではないですよ。テーマの重さの割に俗っぽいような、というあたりです」

「ほう」

「わたしも以前の野呂先生の作品は読んだことがあったので、最初は、あの純文学の、完成度が高いけれど、高尚で難解な小説を書いていた先生が、なんでこんなテレビドラマみたいな、わかりやすい物語にしたんだろう、と思いながら読んでいたんです。文章も素直で平易で何の深みもたくらみもない。――でも」

「でも？」

「あの構成とあの文で良かったんだと思いました。ヒロインと同じ、昭和の時代を生き抜いてきたひとびとが手に取るには。そのひとたちはふだん、忙しさに物語から離れているかも知れない。食事を作りながら背中で朝ドラの音だけを聞くのがやっとかも知れない。活字といえば、美容院で婦人雑誌を読むだけ、たまに駅ナカの書店で話題の本を手に取るだけ——そんなひとびとが読むには、あの優しく易しい、わかりやすいかたちで正解なんだと」

「それは読者を馬鹿にしているとはいわないだろうか？」

「いいえ。その裾野を広げただけです。だって、暇な活字マニアが深読みしようとすれば行間はいくらでも読める文章ですもの。比喩も暗喩もさまざまなモチーフもたくさん編み込んであって、数回の読書にも耐えうるようになっている、と思います。さすが野呂先生だ、とわたしは思いました。——こんなこと申し上げるのも生意気な話なのですが、わたしのような若輩者には届かない領域だと思いました。ほんとうに文章の上手な方ですよね。

本来の自分の文体や、書きやすい構成、文章をあえて捨てて、読み手のリズムや、読み進む速さを考えながら文章を書いていらっしゃるのがわかるような気がするんです。自分の読者がいる場所に向かって、物語を語ることが出来る。すごい才能だと思います。

そしてその意をくみ取って、美しくあたたかく、誰のことも拒まない優しい本を作り上げた錦織さんは、センスがいいなあと思いました」

具合が悪いのかさっきからうなだれていた寅彦さんの目に、ふっと涙が浮かんだ。すぐに彼はそれをぬぐい、何事もなかったかのように顔を上げ、笑顔を見せたけれど。

安斎先生は口元を山羊《やぎ》のようにもぐもぐと動かし、つまらないような顔をして、そして、ああ、まあね、といった。

「水守先生のいうこともわかるよ。若いのに謙虚で勉強家でいいねえ。——昔、ちょうどきみと同じくらいの歳の頃に、野呂耕陽と同人誌で切磋琢磨《せっさたくま》していた時代を思い出したよ。いまきみが話してくれたようなことどもを、いろんな本や作家について語り合ったものだった。同じ大学の学生だったんだよ」

ふっと口の端が笑う。

わたしはふと思い出して、いった。

「如月《きさらぎ》美緒《みお》、という作家をご存じでないですか？　いまどうしていらっしゃるのか」

唐突に訊いてしまったのは、酔わないはずのお酒に多少影響されていたのかもしれない。

「きさらぎ……なんでかね？」

驚いたように、そのひとの目元が震えた。

「野呂耕陽先生の若い頃の同人誌のお仲間で、大学の同級生、同じ頃デビューされた、純文学作家でらっしゃいますよね？　わたし如月先生の文章が好きで、何度も繰り返して読んでいたんです。十代の頃から。とても影響を受けました」

華麗にして過剰ではない、繊細で印象的な文章表現。色彩にあふれ、華やかでリズム感のある文章を書く作家だった。いつの間にか消えていった作家で、著書はわずか一冊しかなく、それすらももはや絶版。けれど中間小説誌に載ったいくつかの短編を、わたしは切り取って大切にとっていた。六月に本棚が駄目になってしまった、あの時までは。

「ああ……うう」

安斎先生はうめくと、グラスのお酒の残りをあおった。不自然な感じの笑顔を見せて、

「如月くんは、郷里に帰って結婚して、いまは専業主婦をしてるんだ。幸せに暮らしてるよ、うん。もう小説は卒業したといっていた」

「卒業……もう書かれないのでしょうか？」

「ああたぶん。そんなに才能もなかったしね」

「……そんなことないです、もったいない」

わたしがため息をつくと、先生は笑った。

別人のように低く優しい声で、いった。

「彼女に伝えておくよ。若くて才能のある作家が、そんなことをいっていたとね」

「ありがとうございます」

それで気持ちを変えてくれたりはしないだろうか、とわたしは夢見た。あの女性らしい、柔らかく優しい文章にもう一度ふれたかった。できれば、その新作を読みたかった。

そういえば――わたしは顔を上げた。

「安斎先生の文章って、如月先生の文章とどこか似ているような気がします」

「そ、そうだろうか」

「地の文章の語りのリズムとか。状況描写の色鮮やかな表現とか。やはり同じ同人誌でいらっしゃったので、影響を……」

「そうだなあ。影響を与え合ったんだと思うよ。うん」

安斎先生は飲み過ぎたのか、すっかり赤くなった頬をこすった。

そのとき、ホールの入り口辺りで、ひとがざわめく気配がした。なんだかホテルの制服を着た人々が、その辺りにぱらぱらと集まり、相談しているようだ。

「ちょっと聞いてくる」

満ちる先生がそういうと、赤いチャイナドレスをまとったからだを熱帯魚のように翻し、人波の間を泳ぐように、そちらへと移動してゆく。

どうしたんだろう？　わたしは首をかしげ、そして腕の時計を見た。気がつけばとっくに開宴時間を過ぎている。パーティでは、ひとの集まり具合によっては、開始の時間が遅れることもあることはあるのだけれど。

そのときわたしははっとした。

ひなぎくがいない。

ずっと手と手をつなぎ合っていたのに、一連のやりとりの間に、その手を離していた。

「どうしよう……？」

広いホールの人波の中の、どこにもいない。

青ざめて見回していると、寅彦さんが聞いた。「どうしましたか？」

「ひなぎくちゃんが――」

ちょっとお手洗いとか外に空気を吸いに行ったとか、そういうことならいいのだけれど、もしかして誰かに連れて行かれたとか、気分が悪くなって倒れているとか……。

背中に冷たい汗が流れた。両方のてのひらと、指先が冷たくなるのがわかる。

「はぐれたんですか？」

疲れてぼんやりとしていた寅彦さんの、その表情が一気に緊張した。顔が上がる。

「なんだ、どうしたね」

安斎先生がいぶかしげに訊ねる。

「ひなぎく……妹がいなくなったんです」

「妹ってあの、頭に猫耳つけた子かね？　さっきまでそこに一緒にいた」

わたしと寅彦さんは目と目を見合わせた。それからふたりで、先生をまじまじと見る。

「なんだね、きみたちは？」

わたしは、先生に訊ねた。

「あの子の頭に猫の耳が見えたんですね？」

「ああ」安斎先生はうなずいた。「よくできた猫耳だな、と思っていたよ。一時期はやった脳波で動く猫耳の、改良版か何かかね？」

Twitterで画像をよく見たよ、と安斎先生は言葉を続ける。あの頃、物理学の先生たちがよく頭につけて遊んでいたね、と。

「そういえば」ふと、寅彦さんが呟いた。

「安斎先生、うちの宣伝用の雑誌『ことりうた』のコラムに以前文章を寄せてくださったとき、若い頃、山小屋で幽霊を見た、なんて話題で書いてくださいましたよね……？」

先生はいたって自然にうなずいて、

「わたしは昔から、『見る』方なものでね。よくお化けや妖怪と遭遇してきたものだよ。

それでそういったものに関する本を若い頃からよく読み、集めたりもした。だからいままでもホラーや伝奇小説を書くとき資料に困らないですむというか――おい、なんだ？」

先生はかすかに青ざめながら、笑う。

「まさか、さっきのかわいい猫耳ちゃんは、幽霊だった、なんていうんじゃないだろうねえ？」

わたしは軽く息をついた。

「幽霊、じゃあないんですが、まあ似たようなカテゴリに属する存在、かもしれません」

そのときには、寅彦さんはもう身を翻し、ひなぎくを探しに走り出していた。

わたしもあとに続こうとしたとき、

「水守先生、こんばんは」

後ろから、懐かしい、柔らかな声がした。

「さっき日本に帰ってきて、空港から直行したんですが……間に合いましたかね？

おや、これは安斎先生。久しぶりですねえ」

寅彦さんの父親にして、竜宮ホテルのオーナー、草野辰彦先生だった。

赤い厚手のネルのシャツの上に柔らかななめし革のジャケットを羽織り、それと色の馴染む、使い込まれたような、これもなめし革の帽子をかぶっている。色あせたジーンズに、足下は高価そうではあるけれど、大ぶりなブーツ。雨の中を歩くのや山歩きをするにはよさそうだけれど、街で歩くにはがっしりしすぎていて、一歩歩くたびに大きな音がしそうだ。

こんなにカジュアルでラフな格好でも、パーティの場にいてなぜか失礼な感じがしない。絵になって、その場に馴染んでしまう。それがつまり、このひとが一流の俳優にして一流の作家の草野辰彦だということなのだろう。

わたしはほっとして、思わず目が潤んだ。どこかしらこのひとには、父親のような安心感を感じてしまうらしい。

「――うん？　どうしました？」

そのひとの目元に心配そうな皺が寄る。

安斎先生が答える。

「なんでも妹とはぐれたとかで」

「妹？」草野先生が睫毛の長い目でまばたきをする。「というとひなぎくちゃんですか」

「そう、その子。なんだか……頭に黒い猫耳をつけた」

「ああ」と、草野先生が楽しげに笑う。

「きみにもあれが見えましたか」

わたしはその辺りで、ひなぎくがどうしても心配でたまらなくて、その場を離れた。人波の中を振り返りながら探す。

と、赤い蝶のように、どこからともなく満ちる先生がやってきて、声をかけてきた。

「キャシー・ペンドラゴンがいなくなったんですって。それでパーティが始まらないのよ」

「キャシー……誰ですか、それは？」

「アメリカのサーカス団出身の子役よ。聞いたことない？　今度日本でも配給されるハリウッドのアクション映画でヒロインの娘役をした天才少女。サーカス育ちだという設定で、猛獣使いのシーンがあるからって、サーカス団の女の子をつれてきたら、それが演技がうまくて、主演女優をくってしまったっていう」

なんだか聞いたことがある話のような気がする。ネットのニュースで見たのだったか。そんなに大きなサーカス団ではないけれど、歴史が古いサーカス団の、有名な猛獣使いの娘だったその子は、その映画がきっかけで子役として次々に声がかかり、いまはサーカスと別れてニューヨークで母親とふたり暮らし、と書いてあったろうか。『ライオンたちが恋しいので、サーカスに帰りたい』と怒った顔の写真が添えてある記事だった。澄んだ茶色い目が涙をこらえているようだったのを覚えている。

「そのキャシー・ペンドラゴンがどうしていなくなったんですか？　というか、彼女、今夜、ここにいたということでしょうか？」

「そうそう。次のミステリー映画の舞台が一部日本だそうで、撮影するために日本に今いるのよ。で、親戚がこの風早にいるんだって。日系人なのよ。おじいちゃんがこの街にいるから会いたいって、その子が映画監督に泣いて頼んだらしいの。撮影ではいい子にするから、この街にいるおじいちゃんに会わせてください、って。だからわざわざこの街のホテルに宿を取って、その子をおじいちゃんに会わせることにしようとしたんだけど……」

「だけど？」

「まあなんだかおとなの事情があったんでしょうね。キャシーは今夜のこのクリスマスパーティにでなければいけなくなった。で、余興で簡単なマジックもするってことになったらしいのよ。猛獣使いはさすがにホテルじゃあ無理だけど、マジックはホテルのホールでも危なくなくできるだろうからって。

キャシーはマジシャンでもあるらしいのよ。なんでも祖父譲りの器用さだそうで。それはつまり、おじいちゃんもマジシャンだったからで。ピエロでマジシャンだった、と」

「へえ」

なんだか心の奥に、ひっかかるものがあった。どこかで聞いたような話だ。

「おじいちゃんとは映画の撮影チームが連絡を取る。パーティが済んだら、ホテルで会えるように。でも十二歳の女の子としては、そんなの待ってられなかったんでしょうね。控え室に置き手紙を残して消えちゃったらしいの。で、いまホテルのひとたちと、彼女の関係者が総出で探してるってことみたい」

「それはあの、その子はもうおじいちゃんに会いに行っちゃったとか？」

「それが、ホテルから出た形跡はないらしいのね。ホテルのドアマンもベルもキャシーが外に出るのを見ていない。あのひとたちはプロだから、ひとの出入りはしっかり見て記憶してるものね。ましてやここは、老舗《しにせ》の一流ホテルだし。ホテルのあちこちにあるカメラにも、彼女が歩いているところは映っていたけれど、外に出るところは映っていない」

「じゃあまだ、中にいる？」

「そう。ホテルのどこかにね」

わたしは思い出していた。クロークの列に並んでいたとき、光のライオンとともにひとの流れの向こうにいた、ふわふわとした薄茶色の髪の女の子のことを。ひなぎくの方をじっと見つめていた、あの少女のことを。そう、たしかにあの子は、舞台衣装のような、アラビア風のかわいらしい服を着ていたのだ。

わたしはぱーてぃ会場で、たくさんの知らない匂いと知らない音に取り囲まれて、ぼうっとしていました。知らない匂いの中には、お食事らしきものの良い匂いもありました。それと、お花や果物の匂い、お化粧品の匂いに、香水の匂い。香水の匂いはわたしは大好きです。お化粧品の匂いも。だって、おとなっぽい感じがしますもの。

香水は満ちる先生が好きでたくさん集めています。マニアなのだそうです。瓶の形がとても綺麗なので、見ているとうっとりしてしまいます。このあいだ、満ちる先生から、子ども向けのかわいらしいコロンと、昔の香水の空き瓶をもらいました。わたしの宝物です。

たくさんの知らないひとたちの会話や笑い声は、渦のように巻き起こり、わたしを包みます。わたしの耳は猫の耳で、とてもよく聞こえるので、すぐ近くで起きる笑い声には心臓がどきっとします。

それと、おとなのひとたちがたくさん林のように立っているので、わたしには少しだけ息が詰まりました。広い場所にいるのに、周りがよく見えないのです。お部屋の中の空気があたたかかったせいもあって、息がすこうし苦しくなりました。冷たい風にあたりたい、綺麗な空気が吸いたい、と思いました。

肩からかけたばっぐの中で、くだぎつねたちも同じことを考えていたのでしょう。ずうっともぞもぞと動いていました。

わたしは、わたしだけが息苦しいんだったらこのまま我慢していようと思ったのですが、小さいこの子たちが苦しそうなのは、とてもかわいそうな気がしました。

ちょっとだけお外に出ようかな、と思いました。ぱーていはまだ始まらないみたいだし、始まる頃に帰ってくればいいんじゃないのかな、と思ったのです。

お姉様はずっとわたしの手を取ってくださっていたのですが、ふと、わたしの手を離しました。誰か知らないおじさまと、寅彦お兄様が口げんかをしていたときです。わたしは怖くてどきどきして見ていたのですが、見守っているうちに、大丈夫みたいだなあ、という感じになってきたので、そうっとあとずさりして、その場を離れました。

大きな広い廊下から、ひとがたくさんこの広間に入ってきます。わたしはその流れとは逆に、廊下へと出て行きました。ひとりきり歩きながら、頭の中で繰り返していました。

(猫耳のことを誰かに訊かれても、「今日はわたしは黒猫のかそうをしているんです」、と答えること)

(わたしは黒猫。わたしは黒猫)

（妖怪の女の子じゃないの）

妖術で隠しているわたしのこの耳のことは、見えるひとの方が少ないはずでした。普通はわたしは、人間の女の子のように見えるはずなのです。いま暮らしている竜宮ホテルのように、あちらにもこちらにも猫耳が見えるひとがいるということが、普通ではないのでした。

――でも。

廊下のふかふかした絨毯を踏みながら、わたしは考えます。

このくりすますのホテルでも、わたしの耳が見えるらしいひとたちはいるみたいです。

たとえば――さっき見かけた、らいおんと一緒にいた、椎の実の目をした女の子とか。

そう思って顔を上げたとき。

わたしははっとしました。

大きなもみの木の下の辺りに、あの金色のらいおんがいます。

優しいもみの木が、わたしにいいました。

『そこの子。そこのあやかしの子。

ちょっとこちらにきてくれないか。

寂しい子どもがいるんだよ……』

寂しい子ども？

わたしはもみの木に向かって歩いて行きました。ぱーてぃの始まる時間が近いからなのでしょうか。人波はみんな大広間の方に流れていて、素敵に輝くもみの木のことを見ているひとは誰もいませんでした。

らいおんのことも。

いいえ、あのらいおんはどうやらあやかしだから、見えるひとのほうがぜんぜん少なかったのかも知れませんけれど。

もみの木は、その大きなホテルの玄関のホールのいちばん奥、壁のところに、飾られていました。木の箱に植えられていて、土の上にはこんもりと、羊歯《しだ》と蔦《つた》が載せられ、床へとあふれていました。ひとの耳には聞こえない歌を楽しそうにうたっているもみの木の、その足下にはいくつもの、リボンをかけた大きなかわいい箱が重ねてあり、紙や木でできたとなかいや、大きなさんたさん、天使の人形がいくつも並べられていました。人形たちにも、もみの木にも、色とりどりのあめ玉のような明かりが灯されていて、それがうたうようにきらきらしていました。

そのそばに――積み重ねられた箱の山や、となかいの人形の陰に、誰かの気配を感じました。わたしはぴんと耳を立てました。――誰かのかすかな呼吸の音がします。その音はなぜだか乱れて途切れがちな気がしました。

そうっとのぞき込みました。少しだけ澄んだ風が吹きとおるここに、大きなもみの木の枝の腕にかばわれるようにして、女の子がひとり、うずくまっていました。

膝を抱えて物陰に座っているその子は、あのふわりとした薄茶色の髪の女の子。

「あの……」

声をかけると、びくりと肩の辺りが震えて、その顔が上がりました。こちらをにらみつけるようにするその目は真っ赤でした。

泣いていたのです。

「あのう」

どうしたの、と声をかけるより先に、

「ここにいるって誰にもいうなよ、猫耳」

鋭い声でその子がささやきました。

「猫耳、って……」

「猫耳を猫耳といって何がいけないか」

言葉の調子がほんのすこうし、変でした。

首を少しだけ傾けると、その子は頬をさあっと赤くして、「日本語、わかるけど、話すのがまだあまりうまくない」

といいました。

そのとき、「そろそろ開宴となります」と、大きな声が聞こえました。あれはたしかかんないほうそう、というものだったと思います。マイクとかそういうものの魔法を借りて、ひとの声を響かせるものです。

ロビーでまだ立ち話をしていたようなひとたちが、あわてたように、さっきのぱーてぃの広間の方へと移動していきました。ホテルの制服を着たひとたちも、ついて行きます。残っているのは、おまわりさんみたいなかっこうをしたひとだけでした。アンデルセンの絵本に出てくるブリキの兵隊さんの人形のように、背筋をぴんと伸ばして、玄関の近くに立っています。

わたしはそのひとの方をうかがいながら、そうっともみの木の陰に隠れました。椎の実の瞳の女の子に、声をかけます。

「何でここにいるの？　何で泣いているの？

悲しいことが、あるの？」

その子は真一文字に口の辺りに力を入れました。自分の両肩をつかむ手にも力が入るのが見ていてわかりました。

やがて唇が震え、涙がこぼれました。

「おじいちゃんにあいにいきたい」

「おじいちゃん?」

女の子はうなずきました。

「おじいちゃんにあうために、ここにきたのに、わたしはここを出ることが、できない。みんな、わたしのこと、みはってるし」

「みはってるの?」

「わたしは芸能人で、映画スターだから、どうしても目立ってしまう。そうして、このホテルにいなくてはいけないことになっているから、ホテルからひとりで出ようとしたら、きっとつかまってしまう。それとさっきから、わたしのことを、みんなが探しているような。何度も外に出ようとして、あきらめた……」

涙がぽろぽろとこぼれ落ちました。

「だって、もしも、ホテルの外に出たとしても、そのあとどうしたらいいか、わからない。おじいちゃんのうちにどうやっていけばいいのか、わからない。日本のこと、よく知らない。日本の言葉、まだうまくしゃべれない」

こぼれ落ちる涙は、シャンデリアのきらきらとした光を受けて、宝石のようでした。

「さみしい。そして、不安。わたしはいま、ひとりで怖い」

声が震えました。

わたしは、気がつくとわたしも、泣きそうな気分になっていました。だって、わたしも、あの日、故郷の妖怪の隠れ里をひとりで旅だったとき、そんな気分だったのを思い出したからです。

気がついたときにはわたしはその子の側に座り込み、涙に濡れた手を取っていました。

「おじいちゃんはどこにいるの？　わたし、つれていってあげる」

胸がどきどきしていました。自分の心臓の音が聞こえそうでした。怖かったけど、でもこの子の力になってあげたい、と思いました。

だってまるで、この子はお話の中の王子様かお姫様みたいに美しくて、どらまちっくで、そうして泣いていたのですもの。まるでお姉様の書くお話の中にでてくるような、そんな女の子だったのです。――そうしてこの子は、らいおんの幽霊をつれていました。誇り高い、金色のらいおん。さばんなにいる、美しく勇気ある獣の幽霊と友達の女の子が悪い子のはずがありません。悪い子じゃないなら、力になってあげるべきだとわたしは思いました。

女の子は、小さな声でいいました。

「——竜宮ホテル」

「え？」

「おじいちゃんは、さえきぎんじろうという。竜宮ホテルというホテルで、暮らしてるらしい」

わたしはその子の手を、きゅうっと握りしめました。自分が物語の中に入り込んだような、その主人公になったような気がしました。

ここから竜宮ホテルにいくのは、そんなに難しくないんじゃないかな、と思いました。バスに乗ればいいのです。ほんとはたくしーに乗ればすぐに竜宮ホテルまでつれていってもらえるだろうと思いましたけれど、たくしーは子どもふたりでも乗れるのかどうか、わたしにはわかりませんでした。あれはなんとなく、おとなのひとがいっしょでないといけないような気がします。そしてあれは、乗るのに高いお金がかかるのでした。お姉様がさっきたくしーから降りるとき、お札を渡しているのをわたしは見て覚えていました。わたしはばっぐの中にお小遣いをいれたお財布を持っていますが、そんなにたくさんはいれてきませんでした。

その点バスなら、安いのです。この子のぶんも払えます。バス停はさっき、ホテルのそばにあるのを見ました。この街のバスは、みんな風早の駅をけいゆするのだと、前に寅彦お兄様に教わったことがあります。じゃあ駅までバスに乗っていけばいい。駅からだったら、二十分くらいで繁華街の近くにある竜宮ホテルに歩いて行けると思います。

だから――。

わたしは、女の子を連れて、ひとがいなくなったロビーを見回しました。

「ここからでることさえできれば、なんとかなると思うの」

もみの木の陰で、ふたりで玄関の方をうかがいました。そのときふと、女の子がくすくすと笑いました。後ろでささやきました。

「なんで猫耳は、猫耳なのか？」

わたしの耳を後ろから指先でつつきます。

むっとしましたけれど、ふりむくとその子は泣きはらしたあとの赤い目でやっと笑っているように見えたので、許してあげることにしました。

黒猫の仮装だから、と嘘をつこうとしてなんとなくやめました。

「だってわたしは、半分猫のあやかしだから」

「あやかし？　……おまえはモンスターなのか？」

「うう」

わたしは口ごもりました。「そういういい方は、なんだかかわいくないから、あんまり嬉しくないけど、そういうものなのかも」

「そうか。日本には普通に街にモンスターがいるのだな。さすがニンジャの国だ」

女の子は笑いました。「猫耳、名前はなんという？　わたしはキャシー・ペンドラゴン。マジシャンだ。猛獣と魔法を使うことが出来る職業、魔法使いなのだ」

「えっ」

わたしはぴん、と二つの耳を立てました。

そして、ああやっぱり、と思いました。

人間の世界にも魔法はあるのです。だってほら、こうしてここに、魔法使いの女の子がいるのですから。

「わたしはひなぎくよ。キャシー、あなたは魔法使いだから、らいおんとお友達なのね」

「ライオン？　ああ、なるほど、ひなぎくはモンスターだから、その特殊能力でアポロが見えるのか」

キャシーと名乗った女の子は、かたわらに立つ光のらいおんを見上げました。らいおんも女の子を優しい目で見おろします。

「元はおばあちゃんのライオンだった子なんだそうだ。お父さんと兄弟みたいに育った。

わたしのおじいちゃんみたいな存在だった。わたしの人間のおじいちゃんは、昔、サーカスを出て、ひとりで日本に行ってしまったから、おじいちゃんのかわりにみんなを見守っていたんだよと父さんがいっていた。年をとって死んでからも、サーカスを見守ってくれた」

キャシーはふうっとため息をついた。

「ゴーストになってからは、わたし以外には見えないみたいだけれど。わたしがサーカスを出て、ニューヨークで暮らすようになってからは、アポロはわたしといっしょに、ニューヨークに来た。それでわたしは、すこし、さみしくなくてすんだ。でも……」

新しい涙が目の縁に盛り上がった。

「わたしはサーカスに帰りたい。サーカスの仲間や、ライオンたちや、父さんに会いたい。お客様にも。……でも、みんな、わたしがサーカスにいるよりも、映画女優になって、世界中の映画館を舞台にした方がいいっていうから……サーカスの小さな舞台で少ない数のひとと出会うより、その方がいいっていうから。がんばってきたんだけど、さみしくて。

わたしは、自分の魔法で、ひとが笑ったり、驚いたりするのを見るのが好きだ。だけど、映画だと、スクリーンの向こうのひとたちの笑顔が見えない。どれくらい笑ってくれたのかも、驚いたり幸せになってくれたのかも。

わたし、自分が映画に出ることに意味があるのかどうか、ひとりで悩むようになった。そんなとき、仕事で日本に来ることになった。日本にはおじいちゃんがいる。風早の街の、竜宮ホテルというところにいる。わたしはそれを知っている。一度もあったことないけど、でも。あいたいなって思った。とても」

わたしはうなずきました。

「あのね。わたしね、その竜宮ホテルに住んでいるの」

「え?」

「佐伯のおじいちゃんのことも知ってるの。お友達なのよ」

「え?」

「とても優しくて、いいひとよ。でもいつも寂しそうなの。――だから」

この子をあわせてあげたい、と思いました。

わたしは昔、自分の家族を、病気で亡くしました。お父さんとお母さんと、お姉さんです。そのあと、人間だけどお父さんになってくれたひとも、亡くしてしまいました。

だから、思うのです。家族が別れているのは悲しいことだって。もしあいたいって思うのなら、あわせてあげたいな、って。

寂しい同士は、寂しくないようにしてあげなければいけないのです。きっと。

そのときわたしは、ふと思いました。六月にわたしが「生き別れのお姉様」を探してこの街にきたとき、響呼お姉様はわたしに手をさしのべてくださいました。そのときのお姉様は、もしかして、いまのわたしと同じ気持ちだったのかなって。

「このホテルを出れば、おじいちゃんのところにいけるのか？」

「ええ」

「ひなぎくがつれていってくれるのか？」

「ええ」

「じゃあ、いこう」

キャシーはすうっと前に出ました。つかつかと、あのブリキの兵隊のようなひとの方に歩いて行きます。そのひとは、自分に近づいてくるキャシーに目をとめると、何かいいたそうに、目と口を開きました。

キャシーはにっこりと笑いました。そうして、アラビアの王子様のようなふわりとした服の上着の胸元の辺りに手を差し入れると、なにか白いものを、そこから取り出しました。

鳩でした。何羽もの鳩たちが、鮮やかに飛び立ち、ロビーの天井へと舞い上がっていったのです。わたしはわあっと声をあげて、はばたく鳩を見ました。

魔法だ、と思いました。

人間の世界にも、たしかに魔法はあったのです。

そのあと、キャシーは駆け寄ってきたホテルのひとたちにも白い鳩を放ち、驚いている間に、外へと駆け出しました。長いコートを着て玄関の外に立つドアマンさんの側をすり抜けて、駆けてゆきます。金色のらいおんとともに駆ける、その足の速いことといったら、まるで風が吹き抜けるようでした。ひとではないわたしがあとをついて行くのがやっとなくらい。当然、ホテルの普通のおとなたちがついてこられる速さではありません。

寒い夜風に当たって、そのときになってわたしは、あ、くろーくに外套を預けたままだった、と思い出しました。でもいまから取りに戻っていたら、キャシーが捕まってしまいます。さんたさんに会いそこねてしまったのも残念でした。すごくうしろがみをひかれました。でも。だけど。

わたしはキャシーに追いつき、そして遠い夜景を指さしました。小高い丘の上に建つこのホテルからは、繁華街が目の下に見え、少し遠くに暗い海が見えます。

「あの街の方、繁華街までいくのよ」

「はんかがい？」

「街の真ん中に、竜宮ホテルがあるの」

ホテル風早は、こうきゅうじゅうたくがいの中にあります。大きなお屋敷や、小さな森や公園や、図書館や小さな商店街のそばを通る石畳の坂道を駆け下りていくと、後ろから光が近づいてきました。――バスです。丘の上の方からホテルの横を通り、街の方へと下りてゆくバスでした。わたしたちを追い抜いて走り、バス停で止まりました。降りるひとがいたようです。

「キャシー、あれに乗るの」

指さしただけで、キャシーは言葉を最後まで聞かずに、開いていたドアからバスに飛び乗りました。らいおんも一緒に。キャシーは振り返り、わたしに手を差し出します。わたしはその手に摑《つか》まり、石畳を蹴って、明るいバスの中に飛び上がりました。

バスはゆっくりと走り出しました。

目の端に、ホテルから続く道をこちらにむけて駆けてくるおとなたちの影が見えました。わたしとキャシーは目を合わせて笑い合い、バスの温かな座席に座りました。光のらいおんは大きいので、バスの中はきゅうくつそうでした。――そして、わたしはふと気づき、思い出しました。ばっぐの中で、二匹のくだぎつねがふてくされているということに。

夜ももう遅い時間のこと、バスにわたしたちの他には誰も乗っていなくて、つまりひとめはありません。わたしはばっぐの蓋を開けました。小さな子狐のような二匹の白い獣たちが、ひょっこりと顔を出しました。

「かわいい」

キャシーが声を上げます。

『ソンナコト』

『ソウデモナイヨ』

二匹が照れたり謙遜《けんそん》したりしました。

わたしは二匹に訊きました。

「いままでのこと、みんなわかってるわよね?」

二匹はふわりとうなずきます。

『ひなぎく、魔法使イノ友達デキタ』

『ソノ子、佐伯ノオジイチャンノ孫デ、コレカラ、フタリヲ、アワセルタメニ、ひなぎくガ、ツレテユクトコロ、ダヨネ?』

わたしはバスの窓を薄く開けました。

十二月の冷たい風が、吹き込みます。

くだぎつねの一匹の赤い目を見て頼みました。「お姉様にお話ししてきて、そのことを。ひなぎくは竜宮ホテルにいきましたって」

きっと心配すると思いました。だから。くだぎつねに伝言を頼みました。

くだぎつねはこくんとうなずくと、白い小さな風になって、窓の隙間から飛んでいきました。一心に。お姉様を目指して。


『イッテラッシャイ』


残った一匹が、わたしの膝の上に立って、窓越しにきょうだいに手を振りました。

一匹だけを飛ばしたのは、この子たちの魂はつながっているからでした。わたしのところに一匹、お姉様のところに一匹いれば、何かあったときに連絡が取れると思いました。

キャシーは窓から吹き込む冷たい風にふんわりとした髪をなびかせて、窓の外の夜景を見ていました。ほっぺたが薄赤く染まって、目がきらきらと輝いています。そばには光のらいおんがいて、同じように興味深げに、窓の外の景色を見守っていました。

古いじゅうたくがいの、暗い夜景が、坂を下りていくうちに、少しずつ明るくなってきました。バスの前方の窓の向こうには、まるで光の渦のように、繁華街の明かりが見えました。あの光の中に竜宮ホテルはあるのです。

ひなぎくを探して、ホテルの廊下に出た頃、「そろそろ開宴となります」というアナウンスが流れた。わたしは首をかしげる。いなくなったというキャシー・ペンドラゴンの捜索はどうするのだろう？　探しながらとりあえずは宴を始めるということなのかも知れない。ひとの流れはホールへと向かい、わたしはそれに逆行して、早足で廊下を行く。満ちる先生は、念のため、中のホールを探してくれている。

廊下にも、広い玄関ホールにも彼女はいない。クロークに行ってみたけれど、ひなぎくはコートを預けたまま、とりにきていないという話だった。では、このホテルの中にいるのだろうか？　それならいいのだけれど。

「──心配しすぎかなあ」

考えてみれば、妖怪とはいえ、小学校の高学年くらいの年齢と賢さがある女の子なのだ。ひとりでホテルの中を探検したとて危険なことはないだろうし、そうしてみたいと思ったとしてもおかしくはないのかもしれない。ふう、とわたしは足下の絨毯を見つめた。

竜宮ホテルの豪奢な絨毯ほどではないにしろ、このホテルの絨毯も十分に高級で、歩くと足がくるぶしくらいまでも沈んだ。

「水守先生」

寅彦さんがわたしを呼ぶ。

廊下の向こうに姿が見えた。首を横に振る。いなかったのだろう。

わたしも首を振って、そちらに向かおうとしたとき、ひゅん、と何か白いものがどこからともなく、風を切って飛んできて、わたしの肩にとまった。

くだぎつねだった。


わたしは、キャシーをつれて、竜宮ホテルにたどり着きました。

夜の空気の中に建つホテルは、さっきまでいたお城のようなきらきらしたホテルからすると、子どものように小さいのですけれど、ロビーや温室、それぞれのお部屋に明かりを灯していて、優しく綺麗な、懐かしい雰囲気の建物に見えました。

冬咲きの薔薇や、かわいらしい小さな菊、パンジーたちが咲き誇るお庭で、お庭に灯された明かりに照らされて、キャシーはホテルを見上げました。呟きました。

「すごく、綺麗」

「でしょう?」

わたしはうなずきました。別に自分のホテルだというわけでもないのに、自慢したいような、誇らしい気持ちになっていました。

「いこう」

その子の手を引いて、わたしは駆け出しました。幽霊のドアマンさんが立っている、ホテルの入り口、玄関へと向かって。


「ええ? 佐伯さんがキャシー・ペンドラゴンのおじいちゃんだったっていうの?」

タクシーの後部座席、わたしの隣で、満ちる先生が驚いたように叫ぶ。「で、その世界的に有名な子役が、いま竜宮ホテルにいるかもしれないっていうわけなのね」

鉄火巻きを口に運びながらなので、声がもごもごとしている。彼女はどこにどう隠してきたのか、パーティ会場を出るときに、紙のお皿に載ったお寿司を一揃いと、小さなケーキをいくつか、驚くことには日本酒の小瓶までも持ってきていた。助手席にいる寅彦さんや、わたしにも差し出す。

「だって、ホテル風早のお食事、美味しいんですもの。ああもっと食べたかった。ローストビーフもローストチキンも生ハムメロンも北京ダックも食べ損ねちゃった」

そこまでいうのなら、彼女は残っていても良かったのだけれど、文句をいいながら、一緒に引き返そうとするところが、満ちる先生なのだとわたしにはわかっていた。

「この風早の地酒のラベルがね、クリスマス限定のものなのよ。西暦入りで毎年変わるの。ラベルをコレクションしてるんだ。いつも空き瓶をもらうんだけど、今年は中身入りでもらってきちゃった。まあたまにはいいわよね」

いやそれはどうだろう、と思ったけれど、待て待て。中身を飲めば空き瓶になるから同じなのかな、と考えはじめたらよくわからなくなってきたので、考えないことにした。

気づいたら、今夜はさっきの生ぬるい地酒以外、何も口にしていなかったので、わけてもらったカッパ巻きはとても美味しかった。

肩に乗ったくだぎつねは、かわいい声でささやく。

『ひなぎくタチハほてるニツイタヨ。チョウドオデカケシヨウトシテイタ、佐伯ノオジイチャント、玄関デバッタリアッテ、ヨロコンデルトコロ』

「あら、佐伯さん、どこかにお出かけするところだったのかしら」

『エットネ……』


佐伯のおじいちゃんは、古い灰色のコートの袖に片方だけ腕を通して、走るようにして、エレベーターから降りてきました。顔が真っ青です。

「佐伯さん、あの」

わたしが声をかけると、そのひとは、わたしと、そしてキャシーを見ました。

あっ、と小さく叫んだまま、キャシーの顔を、じいっと見つめました。

「おじいちゃん、お元気で良かった」

キャシーが前に進み出ました。

その手を自分の胸に当てて、いいました。

「わたしの名前はキャシーです。あなたはわたしのおじいちゃんですね？　さえきぎんじろう、あなたの写真は両親に見せてもらったことが、何回も、数え切れないくらいにあると記憶しているので、あなたの顔はわかります」

ぶっきらぼうに聞こえる口調で、一生懸命に、キャシーはいいました。上手く使えない日本語が自分でまどろっこしいのか、顔が赤くなり、息が荒くなってきました。椎の実のような色の目に、涙が浮かんできます。

「わたしは、あなたに、ずっとあいたかった。とても、あってみたかった。

さえきぎんじろう、あなたもですか？」

佐伯のおじいちゃんは、ふうっと笑いました。灰色のコートをゆっくりと脱いで、腕にかけました。

「わたしもあいたかったよ。でもね……」

身をかがめて、キャシーの顔を優しくのぞき込むようにしました。

「おじいちゃんは、サーカスの舞台と、お客様を捨てて逃げた人間だ。駄目なピエロだからね。だからきみにあう資格なんてないと思っていた。きみのことは、いつも、インターネットや海外のテレビでみていたよ。応援していた。でもあいたいなんて考えてはいけないと、思っていた。――だけど」

キャシーの目とよく似た瞳に、ふわりと涙があふれ、声が震えました。

「いま、風早ホテルにいるという、きみの付き人から急に電話がかかってきて、きみがこの風早にいて、いなくなったときいたとき、わたしの心はどれほど驚き、痛んだか。きみの無事を祈って、きみが悲しい目や辛い目に遭っていないかと思って、どれほど不安で苦しくなったか。——だから」

優しい腕で、佐伯のおじいちゃんは、自分の孫を抱きしめました。

「キャシー、おじいちゃんは、きみにあえてよかった。ほんとうに、あいたかった」

キャシーもおじいちゃんを抱きしめました。泣きながら、ぎゅうっと。

わたしはそばでにこにこと笑って、それを見ていました。

わたしにはおじいちゃんがいません。いまの時代の妖怪は短命なので、わたしがうまれるずうっと前に、父方も母方も、ふたりとも亡くなってしまったのです。あったことのないひとたちですが、もしわたしのおじいちゃんが生きていたら、こんな風に心配したり、泣いたり、抱きしめたりしてくれたのかな、と思いました。

くだぎつねが、きゅきゅっと笑って、わたしの肩の上を右に左にくるくると歩き回りました。

そうして、キャシーの光のらいおんが、床の絨毯の上に腰を下ろし、嬉しそうな顔をして、ふたりを見つめていました。

らいおんは、佐伯のおじいちゃんには見えていないようでした。ときどきそちらにはっとしたように目を向けるので、気配は感じるのかも知れません。

佐伯のおじいちゃんは、ひととしてはわりとあやかしの気配を感じ取ることが出来る方だと思います。でも、お姉様みたいに、はっきりと見えるというほどでもないようなのでした。わたしの猫耳のことも、見える日とそうでない日があるみたいですし。でもきっと人間の世界には、佐伯のおじいちゃんのようなひとが多いのだと思います。ご先祖様が妖精の守護を受けたというお姉様が、他のひとたちとは違うのです。

佐伯のおじいちゃんは、キャシーとわたしをお部屋に通してくれました。

おじいちゃんのお部屋には古い木の本棚があります。いろんな国の言葉で書かれた本がいっぱいに詰まっている本棚です。おそろいの丸いテーブルとソファと、茶簞笥《ちゃだんす》と洋服簞笥があって、木の床はいつも磨かれてつやつやと光っています。そこにまるでとらの毛皮みたいに、セントバーナードのエルダーが寝そべっていました。エルダーは大きいけれど優しい犬なので、わたしは大好きです。『小公子』のセドリックのおじいさんの犬は、こんな犬なんじゃないかなと思うのです。

エルダーはキャシーを見て、ゆっくりとしっぽを振りました。佐伯のおじいちゃんの孫だとわかったのかも知れません。一方で、光のらいおんのことも見えたらしく、きゅーん、と鼻を鳴らすと、怖そうに身を縮めました。

佐伯のおじいちゃんは、誰かに電話をかけました。何度も頭を下げていました。たぶん、風早ホテルにいるという、キャシーのつきびとさんになんだろうな、と思いました。

さて、と、佐伯のおじいちゃんは振り返りました。

「ふたりの姫君にお出しするお菓子が何もないので、いまからちょっと近くのコンビニに、甘いプリンでも買いに行こうかな。

キャシーはプリンは好きかい？」

彼女はすごい勢いでうなずきました。

それからおじいちゃんは、わたしに、

「ひなぎくちゃんもプリンでいいよね。今日もキャラメルプリンでいいかい？　よかったらお茶を入れておいてくれるかな？」

といいました。

わたしたちは、佐伯のおじいちゃんをお部屋のドアのところで見送りました。それから
わたしは、電気ポットに、バスルームでお水を汲《く》んで、スイッチを入れました。茶箪笥の開き戸を開けて、オレンジペコの橙色《だいだいいろ》の缶と使い込まれたティーポット、角砂糖の入った入れ物を取り出しました。それから、銀のスプーンと、ティーカップにお皿を。今日は三人分です。

目の端に、何でだか、キャシーがつまらないような顔をするのが見えました。

「ひなぎくは、よくこの部屋に来るのか？」

「ええ」

「ぎんじろうと仲がいいのか？」

「ええ」

手元だけ見て、上機嫌で答えていたので、キャシーの表情はよく見ていませんでした。

無言なのが気になって振り返ると、不機嫌そうに、頬を膨らませていました。

「なんだか、まるで、ひなぎくがぎんじろうの孫みたいだな」

「えっ？」

キャシーはつまらなそうにうつむいて、

「わたしだって、キャラメルプリンというのがよかった」

「きっとキャシーにも、キャラメルプリンを買ってきてくれるんじゃないかな」

「そんなのわからない。普通のかも知れない」

部屋の中を、散歩するように歩き回ります。ふとその目が、床のある場所を見ました。

ベッドの下です。しゃがみこみました。

「トランクがある」

大きなトランクをひきずりだしました。錠のところが壊れた、あのトランクです。怖いものが――「死神の箱」なんて名前の気味の悪い赤い箱が入っているトランクです。

金色のらいおんがはっとしたような顔をして、すうっと風が吹くように、キャシーの方にいきました。止めようとするように、彼女の腕の辺りにまつわりつきます。キャシーはうるさそうにそれを追いやりました。

「何が入っているのかな?」

「あの、それは、開けない方が……」

「わたしの、おじいちゃんのトランクだもの」

きっとした瞳で、キャシーは床からわたしを見上げました。蓋を開けました。

まっすぐにその目が、あの赤い箱を見つめました。そうです、あの血に染められたような、嫌な匂いのする箱を。

「何これ、気持ち悪い――」

キャシーは鼻に皺を寄せました。

無造作に箱を手に取り、そして。

寄せ木細工の箱を、少しだけいじったと思ったら、箱があっけなく開いたのでした。

「あ」

キャシーは一言だけそういうと、ふわりと天井を見上げるようにしました。

その瞬間、わたしは見たのです。古い小さな箱から立ち上る、灰色の気味の悪い影を。もくもくとした煙で出来ているように見えるそれは、腐りかけた、大きな獣の姿のように見えました。いつかテレビで見た、くじらのような、シャチのような姿に見えます。それでいて大きな二本の人間の腕があり、顔には丸い魚のような目が三つ、銅色に輝いていました。エルダーがとどろくような声で吠えました。わたしの肩の上で、くだぎつねが赤い口を開き、小さな牙をむいて、威嚇しました。

それは天井までも、もくもくと立ち上ると、嫌な匂いの吐息を、ふうっと吐きました。吐息はまがまがしい色の雲になり、部屋中に立ちこめました。

わたしは思わず息を止め、目をつぶりました。

かたん、という音がしました。そして続けて、もっと重く柔らかいものが倒れる音と。

目を開けると、床に、キャシーが倒れていました。かたわらに心配そうな光のらいおんが立ち、大きな顔をキャシーにこすりつけるようにしていました。からだを丸くして横たわるキャシーの、そのてのひらの側には、あの死神の箱。中には何も入っていませんでした。——いいえ、開けたことがないはずのその箱には、銀の糸で首をくくられた小さな白鼠が一匹、木の箱の底に、何本もの細い銀の鋲《びょう》で打ち付けられていたのです。ずうっと昔に死んだらしい、ひからびたそのからだからは、まるでいま息絶えたばかりというように、鮮やかな赤い血がしたたり落ち、床とキャシーの白いてのひらを染めていました。

わたしは怖くて気味が悪くて、その場にしゃがみ込みました。震える手でキャシーを床から起こし、名前を呼びました。その目は開きません。呼吸の音はするけれど、心臓の音もするけれど、目を開けないのです。

弾みで、床の上の箱が転がりました。

木の箱の底には、黒く彫り込まれた何かの絵がありました。——揚羽蝶《あげはちょう》です。あれはたしか、お侍のひとが使っていたという、揚羽蝶の紋だったと思います。少しだけ違うのは、蝶の羽の上に、くっきりと十字架が刻んであったことでした。

その紋章は、なんだかとってもまがまがしく、見ているうちに胸の奥がざわめいて、どきどきと、どきどきと。まるで決して目を合わせてはいけない、危険な魔物に見つかり、目が合ってしまったというような、嫌な気分がしたのでした。

そのときでした。部屋のドアを開けて、佐伯のおじいちゃんが帰ってきたのは。

佐伯のおじいちゃんは、最初笑顔でした。けれど、横たわるキャシーとたぶん泣きそうな顔をしていたわたし、そして開いているトランクと床に転がる開いた箱を見たときに——手に持っていたコンビニの白い袋を、ばさりと床に落としたのでした。

タクシーが竜宮ホテルについた。おとな三人が乗っていたので、誰がお金を払うか一悶《ひともん》着《ちゃく》あったとき、わたしの肩に乗っていたくだぎつねが、ふいに立ち上がり、開いたばかりのドアから、白く輝く風になって外に飛び出した。

「どうしたの？」

わたしも後を追う。長いドレスやヒールが高い靴でタクシーに乗ることになれていないので、つい手間取っていると、夜空に浮かび上がったくだぎつねが米粒のような牙をむき、

『不吉ナモノガアラワレタヨ』

といった。

「――不吉なもの？」

白く光る流れ星のように、小さなくだぎつねは夜空を駆け、わたしたちの足が遅いといらつくようにしながら、サアサアハヤクとホテルへと誘う。

『佐伯ノオジイチャンノ部屋ニ、ミンナイル』

みんな？　というのは、ひなぎくとキャシーと、そして、佐伯老人のことだろう。

みんながいるそこで何が起きたというのだろう。佐伯さんとキャシーが出会えて、喜びの対面をしているというわけではないのだろうか？

無意識に足が速くなる。

なんだかとても、嫌な予感がした。それはみんな同じだったのか、満ちる先生もそして寅彦さんも、ホテルの玄関に向かって、足を速める。冷たい冬の風が頬に当たり、呼吸は白く口元に漂う。空にはオリオンやおおぐま座や、冬の星が静かに輝き、庭には美しいクリスマスの飾り付けの明かりが手入れされた冬の花たちを照らし出し――いま胸の奥に感じているこの不吉な予感が、まるで馴染まない、十二月の美しい夜なのだった。

佐伯さんの部屋は、二〇三号室だった。

その扉の前にたどり着き、三人で顔を見合わせて、寅彦さんが木の扉をノックした。

「錦織ですが」

「水守です、あのひなぎくちゃんがそちらにお邪魔していないかと――」

「月村もいます」

扉が開いた。目の下が落ちくぼみ、三十歳ほども年老いたように見える佐伯さんが、そこに立っていた。

涙ぐんで潤んだ目で、わたしたちを見る。緩く首を振りながら、部屋の奥へあとずさるようにして、わたしたちを中に招いた。

ベッドに、あの薄茶色の髪の女の子、キャシー・ペンドラゴンが眠っている。そのそばにはひなぎくがうずくまっていて、そしてわたしが来たことに気づくと、涙を流しながら、わたしに駆け寄ってきた。

そのときわたしは、床に転がっているものに気づいた。赤く生々しい血に染まっている、あれは。あの赤く小さな古い箱は――。

ひなぎくが、わたしの胸にすがって、泣きじゃくった。

「死神の箱が開いたの。――キャシーが開けてしまったの。怖いものが出てきて、それからキャシーは目を開けないの。キャシー、死んじゃうの？」

ひなぎくは両手で目をこすった。

「お友達になれると、思ったのに。キャシー、魔法使いなのに」

佐伯老人が、乾いた力のない声でいった。

「救急車は、先ほど呼びました……」

それが何の意味もない、助けにもならないと、わかっている、そんな乾いた声だった。

老人はうなだれ、手で顔を覆った。

「……幸せな魔法とはであえない人生だったのに、なんでこんな不幸な呪いとは縁があってしまったのか。わたしはなぜ、こんな気味の悪いものを買って、手元に置いていたんでしょう。……自らが死に憧れて、けれど自死する勇気がないからと、こんな箱を買ったばかりに、最愛の孫、まだ若い魂がそれにとりつかれてしまうとは……」

わたしは眠るその少女のそばに行った。

行ってすぐに、恐ろしい予感に胸が冷たく痛くなった。

眠っているように見えるその少女の魂は、もう力なく、息絶えようとしていて、そのからだから抜けて風と混じり、どこかに消えていこうとしているのがわかったからだった。

わたしの目には、いまここにいるこの少女の姿は、道ばたに落ち、もう羽を動かすのもやっとの蝶の姿と同じに見えた。美しい羽を閉じ、泥と埃《ほこり》の積もる往来で風に吹かれている、かわいそうな蝶。

せめて手のひらにのせて、ひとの足の踏まないところへ移してやるくらいしか出来ることがないような——その子の姿はわたしにはもうそんな風にしか見えず、わたしはベッドの側に膝をつくと、その汗ばんだ額を、そっとなでてやった。

知らずに涙が流れた。

先祖代々受け継いだ異能のせいで、物心つく前から、死に行くものの病んだものを見分けることができた。――かわいそうでも、あきらめる強さを身につけてきたつもりだった。

（でも……）

まだ十二の女の子が、こんな風に乱暴に、いきなり死んでしまうのはかわいそうすぎると思った。離れて暮らしていた家族――会いたかったおじいちゃんとやっと出会えたところだったんだろうに。

それにこれでこの子が死んでしまったら、佐伯さんがかわいそうすぎるじゃないか。

佐伯さんは背中を丸くして、ベッドの側に置いた椅子に腰を下ろしていた。目は泣きはらしたあとなのか真っ赤で、何度も力なくしばたたいていた。

寅彦さんは何もいわなかった。わたしの表情を見て、それですべてをくみ取ったのかも知れない。懐から、スマートフォンを出した。

「――親父に相談してみましょう。何か知恵を持っているかも知れない」

なんといっても、魔術や錬金術の知識があったという錦織羽兎彦の、その孫ですからね、と、うなずきながら、かすかに笑っていった。

スマートフォンを耳に当てて、そうたたないうちに、もしもし、と話しかけ、そして、「えっ？」と訊き返した。

スマートフォンの向こうのひとに、一言二言説明すると、また胸元に入れて、顔を上げ、みんなを見回して、いった。

「もうここにいるそうです。パーティを早めに抜け出して、さっきから書斎で安斎先生と飲み直していたそうで」

ほっとしたような顔をしつつ、少しだけ不機嫌そうに見えたのは、安斎秀一郎先生もどうやらここにきそうだ、という、そのことが気に入らなかったのだろう、たぶん。


遠くでエレベーターが動く音がした。大股に近づいてくる、二人分の足音がして、そしてノックの音がした。

扉の向こうには、草野先生。そして、苦虫をかみつぶしたような顔をした、安斎先生。

「こういうことには彼がいた方がいいと思ってね。彼、呪いやら怨念《おんねん》やらには詳しいから」

和服の袖で腕組みをした安斎先生は、わたしに気づくと、軽く会釈する。寅彦さんを見ると、不機嫌そうな、唇を突き出すような顔をした。草野先生を振り返る。

「そのいい方はやめてくれ。まるでわたしが呪いや怨念のプロのようじゃないか」

「違うのか?」

「違う」

安斎先生はむっとしたように、

「わたしは若い頃からそういった怪奇現象が好きで、夢見がちなたちだった、というだけのことだ。内外の文献やインターネットで勉強を重ね、気がつくといくらか詳しくなっていた。それを作品に生かすことはあるが……」

「呪ったりはしない、ということだな」

「左様」

安斎先生はよろしい、というようにうなずいた。そして、片手で招くようにして、

「ああ、きみ、寅ちゃん」

「寅ちゃん……？」

寅彦さんがオウム返しに答え、目をむいた。

「まだほんの子どもで鼻水たらして泣いてた時代から知ってるんだ。その呼び方でいいだろう。その死神の箱なるものを、わたしに見せてくれないか？」

寅彦さんは不請不請《ふしょうぶしょう》といった面持ちで、床に転がったままだったその小さな赤い箱に手を伸ばした。ちょっと考えて、ポケットからハンカチを出し、それにくるんで拾い上げて、そのまま安斎先生に手渡した。

うむ、と安斎先生は箱を受け取る。

上から眺め、横を見、そしてひっくり返して底を見たときに、眉毛が大きく動いた。

「ああ、こりゃ、本物だな」

「本物、というと?」

草野先生が興味深げに訊き返す。

「十字左近《じゅうじさこん》が作った呪術具だよ、これは。彼が作ったものには、みんなこのマークが入る。贋作《がんさく》はない。そんなものを作ろうとすれば、左近の残した想念に祟られてしまうからね」

箱の底をみんなに見せた。――そこには、揚羽蝶の紋章が細く黒く刻み込まれていた。たまに家紋で見るものかな、と思ったけれど、羽に見慣れない十字架のようなマークが入っている。逆さになっている十字架だ。

安斎先生はちらとベッドの上に視線を走らせる。眠る少女を見ると、すぐに目を背けた。

「――どうも時間がないようだから手短に説明するが、十字左近というのは、その昔の世界に生きていた、元隠れキリシタンの武士でね。キリスト教禁制の時代に、家族や友人知人をすべて亡くし、自らだけ海外マカオに逃れて生き延びたものの、神とひとを呪い、悪魔を信奉するようになったという、そういう男さ」

わたしは、訊き返した。

「神とひとを呪った、というのは」

「キリスト教が禁じられていた時代に、家族に生きながら熱湯をかけられ煮殺され、友人知人や恋人に火をつけて燃やされれば、そんな気分にもなるだろう。あの時代、子どもから老人まで、教えを捨てない限りは拷問を受け、殺されつくしたわけだから。

非道なことをした当時の政府には天罰はあたらず、神の名を唱えながら迫害されたものたちは、何の救いも与えられないままにむごく殺された。その死は見世物にされ、亡骸《なきがら》は野にさらされ、野良犬に食われたんだからな」

「…………」

「十字左近は、悪魔に仕え、魔道を学んだ。元が賢い心が清い青年だっただけに、知識を吸収する速度は速かったそうだ。東南アジアをさすらい、中国へも行き、インドへ旅し、やがて中欧へも至った。洋の東西を問わず、黒い魔法を究めた彼は、世を呪うための呪術の道具をたくさん作り、生涯をかけて旅をしながら、世界中に撒《ま》いた」

「なんのために、ですか？」

「さあね。その頃にはもう他者からははかりしれない、混沌《こんとん》とした世界に生きていたのかも知れない。彼は世界を不幸にするために、その残りの生を生きた。最終的には火山に身を投げ、悪魔にその命を捧げたそうだ。イエス・キリストがそうしたことのちょうど真逆に、我が身を生《い》け贄《にえ》にして、世が呪われることを祈った。世界中の魂が救われないことを祈った。

そんな伝説がある」

わたしは、遠い時代に生きたそのひとの心を思った。安斎先生の手の中の、黒く刻まれた揚羽蝶に逆さ十字の紋章を見ながら。

遠い昔に生きたそのひとの、その想いが、苦しみが、さほど自分とは遠くないのかも知れないと思った。――たぶん誰だって、簡単に世界を呪う側に回ることが出来るのだ。大切なものを理不尽に失えば、きっと。

佐伯さんが、呟いた。わたしにもわかります、と。

「家族を亡くしたとき、思いました。神は命を我々人間に与えながら、またあっけなく奪い去ってしまう。どうせ奪う命なら、最初から与えなければいいものを、と」

さみしげに笑い、唇を噛んだ。

「賢《さか》しげに神を呪ったわたしは、それと知らずに、こんな恐ろしいものを買い、身近に置いていたのですね。――まるで神が罰を与えたようではないですか。

妻を亡くし、子も亡くし、生きる希望を失って、ただ甘やかな死に憧れて、誰かわたしの命を奪ってくれないか、と、この箱を夜市で買った――こんなことになるとも知らず」

「仕方ないでしょ」安斎先生がめんどくさそうに、けれど優しげに答えた。

「誰も本物の呪いがその辺に売っているとは思わない。――そして誰だって、死に憧れることも、それでいて自らの手で死ぬ勇気がないこともある」

うつむいて、言葉を続けた。

「死にたいと思っても、大切にしていた誰かとの誓いのせいで、そうできないときだってある。去って行くものに生きていてほしいと願われてしまっては、死ぬに死ねない」

安斎先生は、薄く笑った。「何を隠そう、わたしもこの死神の箱がほしかった時期があってね。探してそばに置きたいと思ったことが。だからこの箱のことには、ちょっと詳しいというわけさ。――それにしても、探し回ったあの頃には、まるで手元に来なかったものを。皮肉なものだよ。これも巡り合わせというものなのかねえ。

だからわたしはね、佐伯さん。あんたを愚かだとは思わない。責める気もないんだよ」

佐伯さんは、少しだけ顔を上げた。

唇が震える。

「安斎様……それで、この子は、孫は助かるのでしょうか？　ひとのかけた呪いなら、ひとの手で解く方法があるものでしょうか？」

「うむ」

安斎先生はうなずいた。「方法は、ある」

えっ、とみんなが先生を見つめた。

安斎先生は、草野先生を振り返り、

「たまたまなのだが、以前、このホテルの図書室で本を探していたとき、魔法書を見つけた。——錦織羽兎彦の書いた、手書きの魔法書だよ。絹と螺鈿《らでん》、金銀で彩られた、美しい手装本の。最初は装幀《そうてい》工芸としての美しさに惹かれて、本を手に取ったんだがね。

魔法書と背に書かれた、文芸かおとぎ話の本かと思ったんだよ。きみのおじいさんは、恐ろしく多趣味で器用、私家版の本もその手で作っていたという話だったからね」

「ああ、安斎くんはルリユールにも詳しいものなあ。奥さんの影響で」

「美緒は——うちの妻は、良いルリユールの職人だったからね」

安斎先生の目がとても優しく何かを見つめた。遠い遠い思い出を振り返るように。

「しかし頁をめくるうちに、おや、と思った。本格的な魔法書だったんだよ。——そして今更のように、わたしは思い出した。草野くん、きみの祖父、錦織羽兎彦は魔術師にして錬金術師だという伝説の残る人物だったということを。遠い時代、アラビアの魔法の王国の姫を妻に迎え、さまざまな魔法の品や魔法書を手に入れた、そう言い伝えられている人物だと。——一説によると、十字左近がいにしえに残した呪いの道具、それと出会うたびに、壊し、浄化させていたという話もある」

　草野先生は軽い調子でうなずいた。

「まあ正義の魔術師、東亜の英雄を名乗っていた、という話はあるね。お調子者の嫌いはあったんだが。それと彼は科学の信奉者でもあったので、前世代の呪いの魔法の存在を見つけるたびに、科学の力で滅ぼしたくもなった、ともいうねえ。お節介だったんだよ」

「かいつまんで話すと、だ」

　安斎先生は、いった。

「このホテルの図書室に、死神の箱の呪いを解くための呪文が書かれた魔法書がある」

　みんな再び、そのひとの顔を見た。そして次の瞬間には、おとなたちはすべて身を翻し、エレベーターホールへと駆けだしていた。

　図書室なら、一階から地下二階へと続いている。温室と隣り合った、中庭の地下に向かって掘り込まれている空間だった。

「――問題なのは」

　エレベーターを待ちながら、少し切れた感じの呼吸で、肩を揺らしながら、安斎先生がいった。普段はあまり走る方ではないのだろう。

「その魔法書は、字が読みづらい」

「外国語だからですか？　それとも旧仮名だとか、達筆な崩し字だとか？」

満ちる先生が手を上げた。

「それならわたし読めるわよ。習字六段」

草野先生と、寅彦さんがなぜかしら目と目を合わせた。暗い表情になる。

安斎先生はうなった。

「まあ、本を見ればわかると思うよ……」

その本は、とても美しかった。

まるでそれ自体宝物のように、螺鈿や金糸銀糸や、美しく染められた絹に彩られ。

けれど――。

本を開いたとたん、わたしたちは言葉を失った。――読めない。これは。たしかに。

それは、わたしでも読めるレベルの旧仮名遣いの文章で書かれていた。たまに漢文も交じっているけれど、この程度ならわかる。

問題は別のところにあった。

満ちる先生が、うめいた。

「……こんな悪筆、見たことないわ」

薄暗い図書室に、冷たく、埃と紙の匂いが満ちた空間に、静かに同調する沈黙が満ちた。

寅彦さんが、勢いよく頭を下げた。

「どういえばいいのか……こんな大事なときに、曾祖父が字が下手だったということが祟るなんて、あっていいことだとは、その」

「緊張感も何もあったもんじゃないわねえ」

満ちる先生が呆れたようにいった。まったくこの先生は言葉に容赦がない。

草野先生が、本をぱらぱらとめくりながら、明るい声でいった。

「とにかく、みんなで解明してみよう。なに、ひとの手で書いた文字だ、きっと読める」

若い頃はスーパーヒーローの役をこなしていたという、このハンサムで素敵な先生は、いつでも動じなかった。こんなときも。

心優しいひとなので、たぶんいま、呪いによって死のうとしている少女を思い、胸の奥が血を流しているような、強い悲しみを抱えているはずなのだけれど。それが目の表情でわかるのだけれど。

それでもこのひとは、笑顔なのだった。

不安がっても仕方がない、悲しむよりもすべきことを探そうと思っているひとの、力強い笑顔だ。

わたしはふうっと息をつき、自分も笑おう、と思った。

小さな命が理不尽に失われようとしているのを、なんとかして食い止めなければいけない。それができるチャンスがある。この魔法書を読めさえすれば――。

わたしはふと、声を上げた。草野先生が抱えている魔法書の、その開いた頁を見つめる。

「あれ？」

文章を、読み下してみる。

言葉の意味はわからない。ひらがなと漢字の羅列にしかわたしには見えない。

けれど、その『字』がわたしには読めた。

わたしの左目には、先祖が妖精から贈られた、あやかしを見る瞳には、その癖のある字に込められた、魂の祈りが読めたのだ。

『白の呪文』と、その頁には書いてあった。

『わたしがここに書き記した言葉。この言葉を読み上げられるものに、我が言葉の力を預けることとしよう』

『遠い未来に、この言葉を残そう』

『我が言葉が、その時代、幼きものの命を守る、柔らかな翼となるように』

わたしは、草野先生からその本を受け取った。ずっしりと重い本は、古い紙と埃と布の匂いがした。頁をめくると、ふわりとため息のような風が吹いた。

書かれた『字』を目で追っているうちに、幻視のように、風景が見えた。

荒野だ。冬空のような灰色の空に、かたまりのような雲が一つ浮いている。

雲からはまるで巨人の手のような大きな手が伸び、天を突くように真上にそそりたつ剣を強く握りしめている。

光り輝く剣の刃には、その先端に王冠が飾られている。王冠からは美しい緑の椰子《やし》の葉と、オリーブの枝が垂れ下がる。

この情景はどこかで見たことがあるような、とぼんやりと思う。

そうだ。タロットカード、小アルカナ剣の1。そのカードの絵だ。

ずうっと昔、タロットカードを小道具に使う物語を描いた時に、調べたのだった。

(これは「風」のカード)

(そして「言葉」のカード)

言葉と意思との力を持って、試練を乗り越え、その先の未来へと歩き出そうとする、その始まりを表すカードだった、と思った。

幻の荒野には、遠くに険しい山の連なりが見える。乾いた冷たい風が吹きすぎる。

竜宮ホテルの図書室の、明かりを落とした薄暗い空間の中に立ちながら、みんなに囲まれて立ちながら、わたしは同時に、幻視の世界で、見知らぬ荒野に立って、ひとりで風に吹かれていた。

『白の呪文』が、それを書いたひとが、言葉でない言葉で、わたしに教える。

この魔法書の呪文を唱えるということは、ひとりきりあの険しい山を越えていくというのと同じことなのだよ、と。

それでもきみは、この言葉を音にしてくれるかい？

わたしは微笑み、そっとうなずく。

（だってわたしは、もうずうっと、魔法の呪文を唱えてみたかったんですもの）

そしてわたしは、自分の背後に立った温かい気配に、感謝して目を閉じる。

太陽のような、明るい温かなそれは、光のライオンだった。キャシーの連れていたライオンがいまわたしのそばにいて、力を貸そうといってくれていた。

（だから――）

わたしは、呪文を書き記したひとに、心で話しかける。

（大丈夫です）

ありがとう。

言葉を残してくださって、ありがとう。

佐伯さんの部屋で、わたしは魔法書を読み上げた。

そして、キャシーは目を開いた。

何度かまばたきを繰り返し、自分の周りに見知らぬ人々がいることをいぶかしみ、けれど泣きながら自分を見下ろしている佐伯老人に気づくと、両腕を伸ばして、ぎゅうっと抱きしめた。涙が目の端からこぼれ、少女はささやくように、いった。

「おじいちゃん、あのね。あのね、わたしは、プリンはキャラメルの味のがいい。でもね、どんな味でも、おじいちゃんと一緒に食べられるなら、それでいいことにする」

佐伯さんは何もいわず、うなずいた。

静かに涙を流しながら。

それから数日して、佐伯さんがわたしに話してくれたことがある。

いわく、キャシーは亡くなった妻の面影を宿している少女なので、微笑まれると、若い頃の妻の笑顔を見ているような気持ちになる。叱られると妻に怒られているようで、と。

苦笑しながらいった。

「時を超えて、しゃんとしなさい、と妻に言われているような気がするんですよ。

もう逃げるのはやめなさい、と」

笑うこと、幸せであること、それは永遠に続くことではないけれど、だからこそ尊いものなのだと、改めて思ったのだ、と彼は語った。

「マジックを見せても、ピエロの芝居で笑わせても、それは永遠に残るものじゃないでしょう。でも、一瞬でも笑いや幸福がそこにある、それが大事なのだと思いました。キャシーの笑顔がそばにある。そのことが大切なんです。永遠でないということは、宇宙に一度も存在しないのと同じではない……」

小説もそんなものかも知れないな、と、わたしは思う。たとえばわたしが物語を書いて、それで読んでいる間幸せになったり、笑ったりしてくれるひとたち。その気持ちはきっと永遠ではないし、本を閉じれば忘れてしまうものかも知れない。けれど、その本を読んだ時間に意味がなかった、そんなことはないのだ。——なぜって、わたし自身、自分が読んできた本たちと、本を読んだ時間を、無駄だとは思っていないのだから。

ひとも本も、マジックも。みんな同じ地上で、きらきらと瞬間瞬間に存在している。永遠に「在る」ことは不可能でも、たしかに、その瞬間、この宇宙に存在しているのだ。

老人は、微笑んだ。いつのまにかその手には、赤い薔薇が一輪、花開いていた。

最初に彼とあった、あの日あのときと同じに。佐伯さんは、微笑んだ。

「あなたの笑顔のために、わたしは赤い薔薇の花を差しだしましょう。これから先も、何度でも。——そう、何度でも。赤いこの花を」

それで、キャシー・ペンドラゴンがどうなったかというと、そのあとちょうど到着した救急車に乗せられて、一応は病院に入院した。この街の病院の小児科の医師たちは、ストレス故に倒れた、ありえないほどに心臓が弱っている、このままだとこの子は死んでしまいますよ、と、映画の撮影チームを脅した。

映画の関係者たちも、キャシーの属するタレント事務所もそれには震え上がった。また震え上がられるほどに、彼女のタレント性は評価されていたのと、彼女の家族たちの方にも、実は現状でいいのかという迷いがあったこともあって——。

キャシー・ペンドラゴンは、今度の映画まで撮影したあとは、しばらくはサーカスに戻ることが決まった。そして、これが彼女がいちばん喜んだことなのだが、日本での撮影が終了するまでの間、祖父とともに、竜宮ホテルに滞在することになったのだった。

そのことを佐伯老人の次に喜んだのは、ひなぎくではないかと思われた。同い年くらいの人間の友人を持つことにずっと憧れていて、けれどそれは無理だろうとあきらめようとしているのも見てとれていたので。

それはキャシーも同じことで、映画スターになりつつある自分、猛獣を友としてきた自分を特別扱いせず、仲良く遊んでくれるひなぎくとの出会いが心底嬉しかったようだ。

またキャシーは、日本のアニメや漫画が大好きで、満ちる先生の少女漫画の大ファンでもあったようで、クールだ、と褒められた満ちる先生は未来のセレブに褒められたと鼻高々。竜宮ホテルは新しい住人を迎えて、楽しげなクリスマスを迎えようとしていた。

そんな、ある日曜日、寅彦さんが、倉庫から古い大きなクリスマスツリーを出してきた。埃を取り、輝くオーナメントを飾ってゆく。白い綿を飾る。わたしもそばで手伝った。やがて、とおりかかったホテルの住人たちが、みんな少しずつ、楽しいねえ、いいねえ、と飾り付けを手伝いはじめた。

それはホテル風早のあの豪華なツリーに比べれば、ずいぶん小さなツリーだった。けれど、かわいらしい古風なデザインの飾り物がついていて、赤や青、色とりどりの明かりの点滅を見ていると懐かしくなるようだった。

「以前は、冬ごとに飾っていたんですけどね。忙しいせいもあって、いつの間にか飾らなくなってました」

寅彦さんが笑う。「うち、親父がクリスマスの時期にいるかどうかわからないでしょう。子どもの頃、ツリーをひとりで飾ってひとりで見るのがつまらなかったなあって、おとなになっても、これを見るたびに思い出しちゃうんですよ。そんなこんなで、だんだん飾らなくなっちゃって。――でも、子どもの住人が増えたことだし、このツリーもまた活躍させてあげるのもいいかな、と思いまして」

わたしは、静かに光を点滅させるツリーを見つめた。子どもの頃、これがほしかったな、と思った。小さなツリーでいいからほしかった。クラスメートたちの家にはあって、十二月になるごとに飾っているのだと聞いたことがあったから。――ツリーが家にあったら、サンタさんも迷わずに家に来るのかな、と思っていた。この明かりを空から見て、トナカイの橇《そり》が上空に浮かび、プレゼントを枕元に置いてくれるのかな、なんて想像をしていた。

うちにはサンタクロースは来なかった。

母さんがサンタクロースのふりをしてプレゼントを置いてくれていることに、早くに気づいていたから、だから――だからこそサンタクロースを夢見た時代があった。

（『普通の家』ではお父さんがサンタクロースになるものだって、大きくなってから知ったんだっけ）

じゃあうちにはどっちみちサンタは来なかったんだなあ、と冷めた気持ちで思ったのはいつのことだったろう？

いま、おとなになったわたしは、静かに笑う。ただ綺麗だなあ、と古いツリーを見て。

寅彦さんも、ホテルの他の住人たちも、何を思うのか、微笑みを浮かべて、きらめく明かりをいつまでも見守っていた。

日曜の午後、明るいうちから飾っていたクリスマスツリー。気がつくと、完成した頃には夜だった。そして、ちょうどその頃、近所の書店へ本を買いに行っていたひなぎくとキャシーが帰ってきて、ツリーに気づき、歓声を上げて、喜んだ。

おとなたちは笑顔を浮かべ、互いに会釈したり、手を振ったりして、それぞれの部屋に帰っていったのだった。

新しい住人といえば、住人に近いような存在で、その冬からよく来るようになった人物があった。――安斎秀一郎先生だ。

草野先生の古い友人である彼は、もともと、草野先生が日本にいるときには、ふらっとこのホテルに来て、草野先生の書斎に行ったり、図書室を見たりはしていたらしい。のだけれど、クリスマスパーティのあの頃からは、草野先生がいなくても、ふらふらとホテルに遊びに来るようになってしまった。

そうすると面白くないのは寅彦さんで、何かと安斎先生は彼に絡み、寅ちゃん寅ちゃんと呼びながら、文学論を戦わせたり、気になる新刊の話を聞いたりしているのだった。そのようすは傍《はた》から見ていると楽しそうで、わたしには仲が良さそうにも見える。

わたしも、そしてひなぎくも、安斎先生のことは好きだった。どんどん好きになっていった。なぜって遊びに来るごとに美味しいと評判のスイーツを下げてきてくれるからで。

いやそうではなく、互いの文章の趣味が合うというのは、やはり良い関係なのだと思う。作家になって面白いなあと思うのは、作家同士や作家と漫画家、画家など、クリエーター同士のつきあいの場合、仲良くなる前に、不思議と互いの作品が気になっていて、好感を持っていることが多いということだ。

わたしと安斎先生の関係もそういう幸せな例の一つなのだろう、とわたしは思っていたのだけれど……。


これから綴ることは、少し先の未来に、安斎先生から問わず語りに聞いた物語。

その当時のわたしは知り得なかったことだけれど、ここに書いておくことにする。

あのクリスマスパーティの夜、すべてがめでたしめでたしで終わったあとに、安斎秀一郎は、タクシーで竹林の中にある海沿いの静かな邸宅に帰った。

ひとり暮らしにはいささか大きすぎる家には最新式の便利な機構がいろいろとついてい

て、彼が手を触れる前に戸は自分で開き、廊下や居間に電灯が点った。エアコンが部屋の空気を暖めてゆく。遠くで水音がするのは、風呂場の自動給湯器がお湯を入れはじめたのだ。

ここは本来は別荘。からだが弱い妻のために、と建てた和風の美しい建物だったのだけれど、十年前、ここで妻を見送ったあと、立ち去りがたく、そのまま住むようになっていた。

車を持たない彼には、人里離れたこの場所は若干不便ではあったが、静かなのが気に入っていたし、タクシー代に使うお金もつきずにたくさんあった。何しろ彼はベストセラー作家なのだ。

若い頃の彼には、いまの自分の生活はまるで想像もつかなかった。

彼は皮肉な微笑みを浮かべ、自宅用の着物に着替えると、書斎の座布団に腰を下ろす。水冷式のデスクトップ機に電源を入れる。今日の出来事がなかなか面白かったので、イメージが薄れないうちに記録しておいて、いずれ小説にまとめようと思っていた。

「――主人公を若手の編集者にするのもいいな。名前はそのまま借りて、寅彦にしよう」

慣れた手つきでキーボードを叩く。

「美しい女流作家に密かに恋をするのだけれど、内気なのと自分に自信がないので、なかなか打ち明けられない。そんなとき、伝説の死神の箱をうっかり手にして、呪いを解かないと寿命がつきることになってしまい——なんて設定はどうだろう。面白いじゃないか。なあ、美緒？」

庭に面した障子の前に、すうっと気配が立つ。雪と桜の模様の美しい着物を身にまとう、それは彼の亡くした妻だった。

『それでその編集者さんはどうなるんですか？　ハッピーエンドですよね？』

「やっぱり悲恋が受けるだろう。呪いを解くべくがんばって、なんとか上手くいったと思い、勢いで、今度の打ち合わせの時に女流作家に恋を告白しようと決意するんだが、そこでなにか不慮の事故が起きるんだな。

編集者がもう現れないことを知らず、女流作家は楽しげに待ち合わせの喫茶店に、向かうんだ。世の不条理って奴だよなあ」

自分で考えた話なのに、作家は目を潤ませ、かわいそうに、と、腕組みをしてうなずく。

妻は笑う。

『あなたったら、意地悪なんだから』

ふふふ、と作家も笑って、妻を振り返る。

「若い頃のおまえにそっくりだったな」

『あら、あなたもそう思われましたか?』

作家は静かにうなずく。苦笑した。

「水守響呼。――『あの子』が生きていたら、こんなだったのかな、と思ったんだよ」

妻も微笑む。

『そうですね。ちょうど同じくらいの年頃でしたねえ。わたしも、思っていました。青いドレスが、よく似合っていましたねえ』

夫婦は口を閉じ、竹林を吹きすぎる風の音にしばし耳を澄ませた。

ふたりは郷里の同じ大学のクラスメートだった。ふたりとも家族に恵まれなかったこともあって、学生時代から共に暮らすようになった。その頃からすでに、無二の存在、宇宙にふたりだけの家族だった。

美しい作品を書きたい作家志望の彼と、本が好きでルリユールの技を学びたい彼女。

互いに夢を描きながら、アルバイトをし、幸せに暮らしていた。

けれど若いふたりはいつでも貧乏だった。彼の小説はなかなか認められず、彼の書きたいようなものは、お金にならなかった。

妻の作るルリユールのような、美しく完璧で、未来にも残るような芸術的な文体の小説。

彼はそんな文章を書きたかった。自分の才能にも自信があった。彼の作品が認められないことを心配した、周りの友人たちや、知りあった編集者たちに、エンターテインメントを書くことを勧められても、首を縦に振らなかった。

けれどそんな中、悲しい出来事があった。

彼女のおなかの中に芽吹いた命が、すうっと消えてしまったのだ。

もともと彼女はからだが丈夫ではなかった。その上に働き続け、疲れ切っていた。おなかの中の子どもは、まるでそんな両親に気を遣うようにして、死んでいったのだった。

女の子だった。ふたりは小さな娘をこの世界に無事に誕生させてあげられなかったことを悲しみ、運命を呪い、悔やんだ。自分たちはどんなに貧しくても飢えてもいい。この子は幸せに育てようと思っていた待望の子どもだった。

それ以来、彼女はますますからだが弱くなり、布団から起き上がることも出来なくなった。

彼は世を呪い、そして、いままでとは違う小説を書き始めた。彼女を失わないために。失われた小さな娘のように、妻とも別れないですむように。

そのためには、お金が必要だった。

彼は、書いた。たくさん、書いた。

ひとが傷つき、死に、呪いあう小説を。願い事や美しい夢は叶わず、優しいものは蹂《じゅう》躙《りん》され、小さな命はためらいもなく奪われてゆく。そんな中で、悪魔は咆哮《ほうこう》し、呪われた死者たちは、天使や聖人をその汚れた手で打ち倒し勝利するのだ。

もともと器用な書き手だった。本来の文体とは違う文章なんて、いくらでも書けた。乱読派で活字ならなんでも面白いと思える方だったから、その気にさえなれば、娯楽ものを書くのはたやすかった。

こういう世界を描くなら、と、粘着質な重たい文章で書いた読んでいて胃もたれがしそうなほどの文体を使ってみた。もともと構成力はあったけれど、それをフルに生かし、あざとい構成でドラマチックな作品を描き上げた。美しい純文学を書いていた頃は、書こうとも思わなかった、たとえばどんでん返しは、その気になれば簡単に書くことが出来た。

彼は、自分の手で登場人物たちの命を無残に奪いながら、笑い、泣いていた。

こんなこと軽いものだと泣いていた。

彼は心に深い闇を抱えていた。幸福から裏切られたことを恨んでいた。世を呪っていた。

ほんとうの暗闇の中で作品を書き続けた。

そんな作品が売れないわけがなかった。

彼はベストセラー作家になった。その頃には筆名を変えていた。安斎秀一郎。本名に。

若い頃、心から描きたい世界を書いていた頃、彼は違う名前を使っていた。

如月美緒。美緒は最愛の妻の名前。

如月、は、二月が好きだったから。妻の生まれた月だったからだ。

その名前は、もう使うまいと封印した。

そして、安斎秀一郎は妻を失わないために、あざとい作品を書き続けた。それでも結局は十年前に妻を見送ったのだった。妻は幸福だったと繰り返して去って行き——そして、彼のそばに残った。天界にあがることを拒んで、ひとり竹林の屋敷で暮らす彼のかたわらにいることを選んだのだ。ふれることの出来ない夫であり、妻であっても、それからのふたりは穏やかで楽しい日々を過ごした。

子どもは若かった日の、あれきり授かることはなかった。

安斎秀一郎は、だから、街で少女や若い女性を見るたびに、死んだ子の歳を数えた。

数え続けた。あの子が生きていたら、ああだったろう、いやこんな感じだったのか。

ああの子が生きていたら。美味しいものをいくらでも食べさせてやったものを。

美しい衣装を、着せてやったものを。

つれだって、街を歩き、パーティ会場にも一緒に行っただろうなあ……。

『ええほんとうに、あのお嬢さんは、わたしたちのあの子みたいでしたわね』

妻は笑う。言葉を付け加えた。『でもわたし、あの寅彦さんも、あなたそっくりだと思いましたよ。──もしわたしたちが、息子を授かっていたら、あんな感じだったのかしらって』

むうっ、と安斎はうめいた。

「あの寅か。どこが似ているものか。神経質そうだし、完璧主義者風で、かたっくるしいやつじゃないか？」

ころころと妻は笑う。

『若い頃のあなたは、あんな風だったじゃないですか。文学が、本が大好きだった。その分、自分の感覚に絶対の自信があって、美しいものじゃないと存在を認めなかった。嫌いなものは徹底的に駄目だと切り捨てる』

「………」

『寅彦さんも、きっと乙女座ね。あなたと同じで』

知るか、と作家はそっぽを向き、またパソコンの画面に向かい合う。ぽつぽつと字を打つふりをしながら、静かに笑った。

うらやましかったんだよ、と呟く。

『ひまわりの墓標』が。

あの完璧な本が、うらやましかった。あんな風に作品を編んでもらい、美しい本を作ってもらった友人の作家が、心底うらやましかった。あの本を手にしたとき、泣くほどに、そう思った。だからすぐに、奥付の編集者の名前を確認したのだ。友人の息子か、子どもの頃何回か見かけたな、ああ、あの子が立派な編集者になって、と喜ばしく思ったのだ。

でも、久しぶりに会った彼に、あの本は良かったといえないのが、彼なのだった。

あのとき、売り言葉に買い言葉の流れになった、そのせいだけでもなかったのだ。

（文章がねちっこいことくらいわかってるさ。つけ加えていえば構成があざといことも）

意識して、そんな風に変えたのだから。だからそういわれたとて、そこまで怒ることもない。だから――あれはほんとうに、うらやましかっただけなのだ。八つ当たりなのだ。

ついでにいうと、いまはもう、純文学を書こうとは思っていない。伝奇小説もホラー小説も書けば楽しかった。美しい、ルリユールの技で仕上げた本のような文章で書く機会はなくなったけれど、迫力のある構成で、読者に喜ばれる方に向かって、言葉を綴るのは生きがいになった。

そう。彼は素直でない。あのパーティの場で、水守響呼に自分の作品を褒められたこと、如月美緒時代の作品を好きだといわれたことが、あのときどれほど嬉しかったことか。

両手であの細い手を包み込み、握手して、ぶんぶんとふりたいくらいに嬉しかったのだけれど、そんなことちらりとも表情に出さなかった。

若い頃からそういう性質ではあったのだけれど、ホラー作家として著名になってからは、作品のカラーに合わない言動をするのはやめることにしているのだ。

『ねえ、あなた』

妻が、彼の顔をのぞき込むようにする。

『あなた、昔から、気に入ったひとをいじめる癖がありますでしょ？　寅彦さんのことを、いじめちゃ駄目ですよ？』

「さあどうだかね」

彼はうたうようにいうと、パソコンの画面に気持ちを集中させる。

さて、この不幸な編集者を、どんな目に遭わせてやろうかと、口元に笑みを浮かべるのだった。

第二話　雪の歌　星の声

その夜も徹夜での戦いになった。

〆切りの日を間違えて覚えていたエッセイとの戦いだ。恐ろしいことに気づいたときには、本来の〆切りを三日も超過していた。

Ｗｅｂ上に掲載されるものだから〆切りに余裕があったのが幸いだった。お題はクリスマス。エッセイが苦手なわたしでも、考えれば何とかなるテーマで良かった。

そしてまた戦いは勝利に終わり（というか終わらないと職業上困る訳なので）、夜明けに原稿を無事書き上げたわたしは、朝方少しだけ寝て、そしていまぱっちりと目覚めた。

部屋の中は明るい。ライティングデスクの上の時計を見ると、九時過ぎだ。

十二月中旬の朝、夜明けまで向かい合っていたパソコンのガジェットの天気予報によると、外はここ数日気温が下がっているはずだった。雪だるまのマークも出ていたような。

けれど、部屋の中は日だまりのように暖かかった。ここ竜宮ホテルの暖房はいつもほどよく、いまが真冬だということを忘れてしまいそうなくらいだった。

首を巡らせる。そばにある小さなベッドに彼女とくだぎつねたちの姿はない。早起きが好きで働き者のひなぎくは、とっくの昔に起きて着替えて、ひとりで朝食を済ませ、ホテルの誰彼の仕事の手伝いをして、褒められているのに違いない。おそらくは昼近くまで、部屋に帰ってこないだろう。

「ああ、貴重な冬休みが……もう……」

昨日の夜は、外に早めの夕食に行って、そのあといまの時期は夜遅くまであいているという、風早植物園のクリスマスツリーを見に行く予定だった。昔から植物園にそびえ立っているというその巨大なもみの木は、とても見事で、冬咲きの薔薇や冬の花たちで構成された数々の庭も、いまが見頃で美しいらしい。色とりどりのクリスマスの飾り付けがされた花の庭を、ひなぎくと一緒に、わたし自身も見てみたかったのだった。

植物園行きは延期になった。ひなぎくはキャシーと一緒に佐伯さんに連れられて、繁華街の映画館へ子ども向けのアニメ映画を見に行った。面白かった、とても楽しかったといって、寝るまでの間、佐伯さんに買ってもらったパンフレットを何回も読み返していた。

映画のスクリーンは魔法のように大きかった、音楽の音も大きかったけれど、綺麗な音がした、生まれて初めてポップコーンを食べた、美味しかったともいっていた。

「楽しそうだったから、よかったんだけど……」

約束を破ることになってしまったのは、悪かったなあと思う。子どもの頃、楽しみにしていた約束が、母さんの仕事のせいでふいになったときの、両手を合わせて謝る母さんの、そのときの表情が思い出された。最初はがっかりしても、仕方がないことだもの、わたしはいつもすぐ笑顔でいいよ、っていったのだ。でも母さんは、わたしに何度も謝って。数日たって、忘れた頃になっても、あのときはごめんね、といつまでも謝られて。

いまになるとわかる。子どもとの約束を守れないと、おとなの心は痛むものなのだ。

今日はいけたらいいなあ、植物園。

わたしはぼんやりと、日の光が映ってゆらめく天井を見上げる。古風な花柄の壁紙がはられた天井。そこに朝の光が映る情景も、半年たって見慣れた。いまでは昔からここに、この部屋に暮らしているみたいだった。

「――おなか、空いたな」

呟く。三階のキッチンに何か簡単なもの（スクランブルエッグか半熟の目玉焼きをトーストにのせるとか）を作りに行こうかな。そのあと、夜明けまで働いた身としては、少しくらい自分を甘やかしてあげたい。とっておきの高級な紅茶の葉で、熱い紅茶をいれて、魔法瓶に入れて図書室に行きたい。

日当たりの良いあの部屋の、閲覧室のソファに座りクッションに寄りかかって、つややかな木のテーブルで熱いお茶を飲みながら、しばし古い本の頁でもめくりたい。角砂糖を一つかブドウ糖を一塊入れて、甘くして飲むのもいいなあ。そうこうするうちにひなぎくがお使いから帰ってくるだろうから、お昼を一緒にいただいて。それから、冬休みらしいことを何か。

でも、その前に。

わたしは髪をかき上げながら、ベッドの上に起き上がる。——地下の温泉に入りに行きたいような気がする。肩が凄く凝っている。エッセイは苦手なので、変な風に力が入ってしまったのだ。

「クリスマスの思い出、か」

愛情一杯の上にイベントが好きで、クリスマスといえばひと一倍盛り上がっていた母さんとの、楽しかった思い出。忙しい仕事のあいまにわずかでも時間を作ってわたしを喜ばせようとしてくれていた、あの笑顔。子どもの頃、母さんに連れられて、いろんな街を転々と暮らしてきた中で、それぞれの街でであったおとなたちに優しくしてもらった、十二月の記憶。母さんの職場のひとたちや近所のひと、通りすがりのひと。

エッセイを書くうちに、その頃、おとなたちは自分たち子どもを、その季節にはとりわけ優しく扱ってくれるものなんだな、と感じていたことを思い出した。

優しい目をして、サンタクロースの話を聞かせてくれたおとなたちは、身をかがめてわたしに笑いかけながら、板チョコをくれ、ゲームセンターでとってくれた人形やぬいぐるみをくれた。彼らは、いま思うと、みんなサンタクロースになりたかったのかな、と思う。世界には本当にはサンタクロースはいないから。少なくとも自分たちはあえなかったから。だからせめて今年の冬、自分がサンタになりたいと。

おとなになったいま、その頃のおとなたちの気持ちがわかるような気がする。なぜって、ひなぎくにクリスマスの話をしていたとき、たまたま見た鏡に映る自分の目は、あの頃見たおとなたちの優しい目と似ていたから。

わたしは髪をまとめ、見苦しくない程度の服に着替え、そして、廊下へのドアを開けた。いきなり、「それ」と目が合った。

「——ええと、だから」

わたしは目の前にさかさまにぶら下がっていた「それ」を見上げて、ため息交じりに訴えてみた。

「お願いですから、起き抜けにあまりびっくりさせないでいただけますか?」

「それ」は嬉しそうに笑って、いった。

『びっくりした? ねえ、今朝は多少は驚いてくれた? やった! 嬉しいなあ!』

色白の額の辺りから、スプラッタな感じに鮮血をたらりとしたたらせたその少女は、目を輝かせ、両手を握り合わせると、華麗に廊下の絨毯の上に着地した。長くカールしたツーテールと、身にまとっている、かわいらしい赤いチェックのミニ丈の衣装が翻る。

さかさまにぶら下がっていた天井の辺りから舞い降りても、何の音も響かない。何しろ彼女の肉体はもはやこの地上にはなく、つまり、見た目と同じだけの質量は持たないので。なので、衣装も翻るはずがないのだけれど——その辺りは何か人智にははかり知れない、なにがしかの法則が働いているのだろう。

元アイドルタレントの桃原《ももはら》ことりは、その額の辺りでVサインを作り、明るい笑顔で、

『あらためまして、おっはようございまーす、ことりんでーす。響呼先生、今朝のお目覚めはいかがですか？』

「はいはい、おはようございます。お目覚めはさっきまではさわやかでした。起きてすぐの流血沙汰の目撃にはいささか驚かされましたけれどね」

わたしは幽霊に適当に手を振って、廊下を急ぐ。とにかくこの肩の凝りをどうにかしなくては。いったん意識すると泣きそうに痛い。

『だって、ことりん美少女だけど、お化けなんだもん。しかたないじゃない？』

ことりは、絨毯に足をつかず、ふわふわと宙を漂うようにしてついてくる。

「お化けだからって、朝から無駄に流血してなくたっていいじゃないですか？　化けて出てくるなら、もっとその時刻にふさわしい感じで出てきてください」

『だって』

わたしの前にふわりと回り込んだ幽霊の、茶色いガラスのように澄んだ瞳に、美しい涙がきらきらと浮かび上がる。珊瑚色《さんごいろ》のつややかな唇が悲しげにゆがむ。額の流血は、もうやめたらしい。

『うけると思ったんだもん。先生、ホラー小説が好きだっていうし』

「ことりさん。読者としてそういう属性の作品を好んでいるかどうかと、現実世界で寝起きに幽霊に驚かされて喜ぶかどうかは別だとは思いませんか？」

いくら読む分には怖い話が好きだといっても、リアルでお化け屋敷で暮らすような生活はあまり好みではない。そんな心臓の耐久試験の連続のような日々は困る。

エレベーターは呼ぶとすぐに扉を開いた。よしよし。最近、日頃の行いが少しは良かったのだろうか。幽霊少女は、ふわりとわたしと一緒に箱に乗り込む。エレベーターの奥の一面はガラス張りの窓になっているのだけれど、そこからわたしと一緒に昼が近い街と遠い海を見て、

『綺麗ねえ』と笑った。

『ことりん、この街の朝と昼が、だぁい好き』

窓の外の明るい風景を見ながら、微笑んで上機嫌な様子は、わたしの目にはとても死んでしまった女の子のようには見えなかった。

アイドルタレント桃原ことりは、二年前の夏の夜、交通事故で亡くなった。仕事帰り、愛書家だったという彼女は、夜更けまで開いている書店により、予約していた新刊を数冊嬉しそうに買い、店を出た直後に、暴走してきたトラックにはねられた。当時バラエティ番組によく登場していたお茶の間のアイドルだったので、その事故はニュースになり、情報番組や雑誌などの媒体で何度ともなく取り上げられた。

ふだんテレビはニュース以外ほとんど見ない（単に仕事で忙しいから、である）わたしが、その後、彼女関連の番組にはつきあっていたのは、彼女が最後に買った新刊数冊の中に、わたしの本も入っていたらしいと、何かの番組で知ったからだった。

もともと彼女のことは、何かの番組でたまたま見かけたときに、この子はかわいいし、受け答えも賢いなあ、と好感を持っていたので、供養でもするような気持ちで、彼女に関する報道はその後まめにチェックしていた。

彼女にはたった一冊著書があった。『ことりのためいき』という名前のそのエッセイ集も、事故のあと、近所の書店で平積みになっていたので、買って読んだ。写真がふんだんに使われた、かわいらしい本で、文字通りため息やおしゃべりのようなとりとめのない言葉が、詩のように並べてあった。

父親がいない、きょうだいがたくさんいる、貧しい家の長女であったこと、古い家の屋根からは雨漏りがしたけれど、それを家族総出で家中の器を集めてうけるのが楽しかったこと。新聞配達やコンビニや、パン屋さんにケーキ屋さんのアルバイトをしたこと。どの仕事も楽しくて、お店の仲間やお客さんたちと話すのが楽しかったこと——お祭りののど自慢大会がきっかけで、憧れだった歌手の道に進むことが出来、いまアイドルになれて嬉しいけれど、昔、アルバイト先で知り合ったひとたちは元気かといまも懐かしくなる——そんな話が彼女の手描きの、女の子らしいカットを添えて書いてあった。

頁をめくっているうちにあっというまに読み終わってしまうような、薄くて字の少ない本だったのだけれど、好きな本だった。タレントさんの本だし、ライターさんが書いたのかな、と思いつつ、使われている言葉のセンスが好きだった。その後わたしは本棚の本を全部なくしてしまった。このホテルに落ち着いてから、また探して買い直そうとしたのだけれど、そのときには、『ことりのためいき』は、どこにも見つからない本になっていた。桃原ことりというタレントの名前が、テレビで話題になることも、もうない。

あんなにテレビによく映っていた子なのにな、とひそかに憤慨したものだ。彼女の死の直後には書店の平台にあふれていたあのたくさんのかわいらしい本は、いったいどこにいってしまったのだろう。

八月。今年のお盆の頃だった。真夜中の仕事の合間、ひとりきりのホテルの三階のキッチンで、何気なくつけたテレビの深夜番組で、彼女の命日のことが話題になっていた。今夜がそうなんですよね、と。わたしはその話題に、テレビに向かって無意識のうちに黙禱《もくとう》していた。

ふと誰かの視線に気がついて目を開けると、

『はーい、先生こんばんはぁ』

テレビの液晶画面から、まるで、あの有名な貞子《さだこ》のように、桃原ことりが、ずるん、と這い出てこようとしているところだった。

ことりは上半身だけの姿で、満面の笑みを浮かべ、わたしに向かって手を振って、

『先生、お久しぶり』といった。

「……お久しぶり、といいますと？」

あったことがあっただろうか、と首をかしげると、画面からその全身が這い出してきて、

床にかろやかに着地したことりは、

『サイン会にいったことがあるんですよう』

てへ、と、照れたように愛らしく笑った。

『ほら、人魚姫の話の第一巻がでたとき、記念のサイン会にいったの。ことりん芸能人だから、大きなマスクして、サングラスかけて、はりきっていったんだけど、はりきりすぎていちばんで並んじゃって、ちょう目立って』

ああ、そんな子がいたな、と思い出す。デパートのいちばん上の階にはいっている大きな書店さんのサイン会。先頭に、腰に大きなリボンがついた白いAラインのコートに赤いミニスカートの女の子が立っていたのだ。いま思えばたしかにあの細身のからだと長いカールしたツーテールは、ことりと同じだった。

わたしは正直そこまで人気沸騰しているタイプの作家ではなく、どちらかというと活字マニア受けするタイプの、知る人ぞ知るようなマイナー人気作家なので、サイン会の声はそんなにかからない。人前に立つことをそれほど好んでもいないので、気楽で良かったのだけれど、そのときは懇意にしている書店さんからぜひにと声がかかったので、日頃拙著がお世話になっているお礼にと、久しぶりにサイン会の場に出かけていったのだった。

それほど長くないお客様の列の、そのいちばん前にいた彼女は、サイン会が始まると、近い距離を跳ねるように駆けてきた。マニキュアされた綺麗な白い指で、買ったばかりの新刊を大切そうにテーブルに置いたのを覚えている。

「お名前なんておいれしましょうか？」

「――ことり、で」

少し震えていた声がかわいく澄んでいた。サングラスの奥の目が嬉しげに涙ぐんでいたのと、その声のかわいらしさ、おわったあと、それこそ小鳥のように身を翻してその場から駆け去っていったことを覚えている。

『ことりん、あのあとスタジオで撮影があったから急いでたの』

へへ、とことりは笑った。

深夜のしんとしたホテルの、その部屋の中を見回して、いった。

『ことりん、未練が一杯あったから、だからお化けになったんだと思うんだけど、その中のいちばんの未練、たぶん先生の本なんだ』

「わたしの本、ですか？」

『うん。ほら、わたし買ったばかりの本、読めないままで死んじゃったから』

人魚のお話のシリーズの二巻、すごく悔しかったんだよ、そういってことりは笑った。でるの何か月も楽しみにしてて、すぐにお店で予約してたんだもん、と。

『お化けになってから、時間の感覚が前みたいじゃなくなっちゃってて、よくぼーっとするんだけど、先生、人魚姫のお話は、いまどれくらい続いてるの？』

「もうすぐ、冬に五巻目で完結しますよ」

『ふうん』

ことりはうたうように鼻を鳴らす。

『じゃあ、ことりん、お化けになれて良かった。読めないはずのお話の続きが読めるんだもん』

三巻、四巻、それから五巻が、またずに読めるんだ、と指を折りながら彼女は嬉しそうにいい、それからしゅんとした。

『でもことりん、お化けだから、本屋さんに本を買いに行けないや』

「あの」わたしは、彼女に笑顔で語りかけた。

「既刊なら、わたしの部屋にありますよ」

その日から、ことりはたまにふらふらとホテルに現れるようになった。

幽霊としてあちこちさすらいながら自由に暮らしているらしいのだけれど、このホテルがとりわけいい感じに居心地がいいらしい。

『ここにいると、ことりんのことに気づいてくれるひと、多いしね。街を歩いていると、大概みんな見えないか、見えてもぎょっとした顔をするんだもの。あ、足がない、半分透けてる、ていうことはお化けだ、みたいな』

幽霊だからってそこまで嫌がることないのにねえ、と、ことりは口を尖らせる。

『ちょっと死んで化けて出てるだけじゃない？　ねえ、先生？』

「うん、まあそうですね」

世の中の大概のひとは、わたしみたいに、こういう存在を見慣れていないから、仕方ないだろうと思う。

湯上がりの最高な気分で、部屋着の上にお気に入りのニットの長いカーディガンを羽織って、図書室へ。うしろからはふわふわと、ことりがついてくる。

小さな魔法瓶には今日はアールグレイをいれている。それとマグカップを一つ手に持って、エレベーターで一階へ。ロビーから続く古い廊下をいくらもいかないうちに、ひっそりと静かな木の扉があり、その先に図書室はある。

一階から地下二階へと続く、広々とした部屋だ。地下へは中にある木の階段で降りてゆくのだけれど、その本の数といったら、大学の図書館並みとまではいわないけれど、ホテルに併設された図書室の規模とは思えなかった。本好きのことりは、この図書室にくるごとに喜んで、ひらひらと蝶のように棚の背表紙を眺めて回る。その気持ちがわからなくもないので、ついほのぼのとその様子を見守ってしまい、ふと悲しくなったりもする。生きているうち、その手で本をつかむことが出来たときに、この子をつれてこの図書室にくることができたらよかったのにな、と。

料理の本から歴史書に至るまで、揃えられている本のジャンルの多さと、歴史を感じさせる本の数の多さも、驚くべきものがある図書室だった。海外のいろんな言葉で綴られている本が山ほどある。どこの国のいつの時代の本なのか、わたしには背表紙の文字さえ読めない本もたくさんある。――なんといってもこの図書室には、魔法書まで並んでいるのだから。そう思うと、広々として静かなこの空間には、空間そのものにも魔法の力があるような気がして、つい耳が誰かの呼吸の音でもしないかと気配をうかがってしまう。部屋のあちこちに飾ってある、西洋の古い鎧《よろい》や、ひび割れた美しい壺、額に入れられたどこかの国の地図や絵画が、こちらに何事か語りかけてきそうな気がする。

昭和の時代の園芸に関するエッセイを何冊か棚から抜いて、腕に抱えて一階の閲覧室へと戻る。そこにあるソファと大きなテーブルには、広々とした窓から、あたたかそうな光が当たっている。本棚の本には日差しは毒だから、そこまでは光が届かないようになっているけれど、この本を読むためのスペースと、壁際の書き物机がいくつか置いてある辺りは、ガラスを通して中庭が見えるようになっていた。

中庭には冬の花が今日も綺麗に咲いている。花が好きな未来少年、日比木くんと、佐伯さん、それにときどき小鳥遊《たかなし》さんが丹精している庭だ。

閲覧スペースには先客がいた。ソファに浅く腰をかけて、月村満ちる先生がタブレットを扱っている。今日の装いは白のもこもこしたモヘアの長いセーターにレッグウォーマー、おそろいのキャップをかぶっているので、まるで羊の妖精のように見えた。

液晶の画面をにらむように見つめ、スタイラスペンを使って、一心不乱に絵を描いている。テーブルに置いたティーカップには紅茶がついであるようだけれど、湯気は上がっていない。作業に没頭して忘れているのだろう。

ことりが幽霊の気楽さで、横からひょいっと、画面をのぞき込む。

「あ、邪魔しちゃ駄目ですよ」

ついそういってから、ああ、満ちる先生には邪魔にならないかな、と思い直す。案の定、彼女はことりの方には目も向けず、ただ長い睫毛の目を物憂げに上げると、「おはようございます」とわたしに声をかけた。

「珍しく早起きじゃないですか、響呼先生」

相変わらずなんとなく一言多いのだけれど、それにも慣れた。

「ええ。当社比で早くに目が覚めたので、ついでに一風呂浴びてきました。気持ちよかったですよ。先生もいかが?」

「うーん」満ちる先生は鼻と口の間にスタイラスペンを挟み、うなり声を上げた。「もう少し仕事が進んでから。新キャラのラフが、いまいちうまくできてなくて」

そういって、がしがしと画面にペンをこすりつける。たぶんいままで描いていたものを、消したのだろう。

「新しいキャラクターのラフを描いてたんですか?」

「そう。『タロット少女エリカ・エクストリーム』の新キャラなんだけど……」

『タロット少女漫画だった』というのは、女の子向けの少女漫画誌に何年も連載されている、大人気の少女漫画だった。アニメ化もされたし、ゲームにもなったのだそうだ。今度オンラインゲーム化もされるらしいと寅彦さんにきいたけれど、そのあたりわたしは詳しくないので、いまひとつ理解がついて行っていない。ただ彼女の漫画にはとっても人気があるんだなとそれくらいはわかる。

『エクストリーム』は一度完結した『タロット少女エリカ』の続編だった。元の設定を引き継ぎつつ、新しい要素も足すのだそうだ。そういう仕事はわたしもしたことがあるので、難しさも楽しさもわかるような気がする。

「ヒロインの女子高生、エリカの友達で何か変わった感じの女の子を出したいな、って思ってるんだけど、なかなかねえ。幽霊の美少女とかどうだろうかと思うんだけど、いい感じのキャラクターが浮かばなくて」

うなる満ちる先生の隣で、ことりが自分を指さしながら彼女の袖を引く。

その透きとおる指は実際にはふれられないのだけれど、何かしら気配は感じたらしく、満ちる先生はうるさそうに、その手を振り払うようにした。それからきょとんとしたように、ことりのいる方を振り返った。

「いま誰かに袖を引っ張られたような気がしたんだけど?」

ことりが笑顔で自分を指さしているけれど、たぶん見えていない。

わたしはちょっと首をかしげて、苦笑した。

「ええと、満ちる先生、いまあなたの隣に、『いる』んですけど」

「『いる』って、何が?」

「お化け」

「まっさかあ」

満ちる先生はけらけらと笑った。赤いマニキュアの指を振る。

「こんな真昼に、こんなに明るい場所に、お化けなんて出るわけないじゃないの。そもそもわたしも最近は霊能力少女漫画家で売っている月村満ちるよ？　お化けがいれば、たちどころにこの二つの目で見えますからね？」

おほほ、と笑う。

笑うその横で、ことりがおほほ、とその高笑いの真似をしていることには気づいていないのだろう。

月村満ちる先生は、自称霊能力者だけれど、どうやらあまり見えていない。ちょうどいまのように、わたしに見えているものが見えなかったりする。けれどまったく見えていないというわけでもない。そして見えない割には異様に勘が鋭くすべてを見通すときもあるので、なんだか不思議なひとだった。

「ええと、先生の隣にいるお化けがですね——」

わたしは笑う。「自分をモデルにすればいいのに、っていってます」

満ちる先生は面白そうに笑って、ソファで長い足を組んだ。

「面白いじゃないですか。どんなお化けなんですか？」

本気にしていないようだ。

思うに——自分が見えないのに見えるふりを日々しているわけだから、わたしのようにくっきりはっきり見える生活というのが想像できないのだろう。

「その子は——その幽霊は美少女で、人気タレント……元人気タレントです。歌手でした」

「ほうほう」

面白い、というように、満ちる先生の目が輝く。

わたしはことりを見ながら、言葉を続ける。

「細身でかわいい女の子です。背は高い方かな？　長い髪は二つに高く結っていて、縦ロールでくるくる巻きながら、腰くらいまであります。顔は小顔でお人形さんみたい。瞳は茶色くて、睫毛が長くて、とってもかわいいぱっちりとした目ですね」

ことりは満ちる先生の隣でソファに腰掛け、両手で自分の膝の上にほおづえをついて、にこにこと笑っている。

「口元は、これはなんていうんだろう、あひる口っていうんですか、笑いながらちょっとすねたような」

ふんふん、とうなずきながら、満ちる先生は楽しげにタブレットに絵を描き始めた。

「服は、というか衣装は、今日は、セーラー服っぽいワンピースを着てますね。白地に赤いチェックが入ったふんわりした夏物のワンピースに、濃い赤のミニスカートを重ねていて、赤いロングの編み上げのブーツを履いてます。頭には、ヘッドドレス。小さな、ベレー帽みたいな。赤のチェックのリボンと、金色のボタンの飾りがついていて……」

そこで、うん？　と満ちる先生は首をかしげた。

「響呼先生、この子、年齢はいくつって設定ですか？」

「設定、っていうか」わたしは彼女を振り返る。

「生きていたら、今年で二十三歳になってるんでしたっけ？」

ことりは笑顔でうなずいた。その横で、満ちる先生はなぜかむずかしい顔をして、描き上がった絵をわたしに見せた。

そこにいたのは、間違いなく桃原ことりだった。ヘッドセットをつけて、楽しげにうたっている。彼女が少女漫画のキャラクターになったらこうだろう、というような、そんな姿だった。

わあお、というように、ことりは口を大きく開けた。

わたしは驚いた。見えないはずなのに、なぜ満ちる先生は彼女の絵が描けるのだろう。いまの説明だけで。

「これ、桃原ことりちゃんみたいよね？　こんな衣装着てるの、見た記憶あるし」

「ですね」と、わたしはうなずく。

「とってもよく似ています」

ことり本人もうんうんとうなずく。

「あの」満ちる先生は、タブレットを胸元に当てて、わたしの顔をじっと見つめる。

「まさか、ここにいる『お化け』って……」

「はい、桃原ことりさんがいままさに、先生の隣にいますよ？」

満ちる先生は、なぜか不機嫌な顔をして、自分の隣を見た。そして、

「そのいい方って、テレビの心霊番組の霊能力者みたい」

といった。

「ええと、いや、まあ……」

たしかにわたしの能力は霊能力者のようなものなのかもしれない。いままでそんなふうに考えたことがなかったので、わたしは腕組みをして考え込んだ。

一方で、満ちる先生は何を考えたのか、深い息をついて、いった。

「ことりんも亡くなって二年くらいになるんだっけ？　モデルにしたキャラクター描くのもいいかもね。あの子を忘れないように。読んだ読者が、少しでも彼女のことを思い出してくれるように……」

「先生、桃原さんのこと、好きだったんですか？」

「まあね。漫画描きながら、いつもバラエティ番組つけてるから、あの子のことたまに見かけてて。お馬鹿なアイドルで売ってたし、大食いとか早食いとかもさせられてたし、家が貧乏だったというのも、ネタにして笑ってたし、笑われてたけど、でも……」

満ちる先生は、軽く下唇を噛んだ。

「ほんとは賢くて、さみしい悲しい女の子かな、って思ってた」

ことりは笑うのをやめ、満ちる先生を黙って見つめた。

「バラエティ番組で、他のタレントさんたちに適当にいじられて笑われてたとき、ハリセンで頭叩かれたりしながら、一瞬だけ、ほんの一瞬だけだけど、素の感情が読み取れた、と思えたときがあったのね。わたしの勝手な想像かも知れないけど、この子はかなり計算して、感情を抑えてお馬鹿なキャラクターを演じてるんだなと思ったことがあったのよ。で、『ことりのためいき』ってあったでしょ？　あのエッセイ集の」

「はい。あのかわいい本。好きで持ってましたよ」

「あれのライターがわたしの担当編集者の知り合いでね」

「ああやっぱり、ライターさんがいたんですね」

「いたにはいたんだけど……ことりんの書いた文章をキャラにあうように手を加えたって話なのよね」

「――というと」

「言葉を減らして、馬鹿っぽくした、と」

「………」

「ほんとうはもっと、知的で素敵なエッセイで、文章の量も多くて読み応えがあったのを、『ことりん』らしく書き直した、って話なのよね。出版社とタレント事務所の意向でそうしたらしいんだけど、ライターさんは本が出たあともずっと、そうしたことを悔やんでいたって。彼女が死んだあと、ますます悔やんだんだって。あれはいい文章だったのに、あのまま本にして出せばよかったのに、って」

　ことりは何を思うのか、静かに満ちる先生を見つめている。

　そう。彼女の本質は『お馬鹿な女の子』ではなかった。事故で亡くなったとき、最後に抱えていた予約していたという新刊は、わたしの本以外の二冊は、海外のストリートチルドレンについて書かれた、重たく厚いルポルタージュと、洋書の、これも分厚い、ひとの生き方について書かれた本だった。

『意外と読書家だったんですよ』事故のあと、何かの番組で、仲が良かったというタレントが涙ぐみながら話していた。『収録の時間の合間は、いつも本を読んでました。バッグの中には必ず何冊も本が入ってましたね』

学歴は中卒だけれど、独学で学んで英語も中国語も出来た、という逸話も何かの雑誌で読んだ。道で迷子になっている海外からの旅行者を見つければ、道案内を買って出ていたし、スタジオで言葉が通じなくて黙り込んでいた、海外から来たゲストに話しかけて、冗談をいって笑わせていたとか。

うたうときはいつも少しだけ音がはずれていたけれど、それもわざとで親しみやすくするため、ほんとうは完璧に音がとれていたのだと、そんな話も当時話題になり、スタジオのゲストたちや、視聴者の涙を誘った。

でもそんなことも、もう誰も覚えていない。きっと。——たぶんそのとき、わたしと満ちる先生は、同じことを思った。

満ちる先生は、ふわりとため息をつく。タブレットに絵を描き込みながら、呟くようにいった。

「一見お馬鹿だけど、ほんとは賢い女の子だという設定で描こうかしら。ほんとうのことりんみたいにね。名前はなんにしようかな、ももりん、あたりがかわいくていいかしら」

ことりんは嬉しそうに笑った。そして、満ちる先生が描いている絵を横からのぞき込んでうなずくと、わたしを振り返って、Vサインをした。

きっと素敵な絵が描けていたのだろう。

『でも、ことりんねえ。楽しかったんだよ』

満ちる先生の仕事の邪魔をしたくなくて、中庭のベンチへと移動したとき、ついてきたことりが、うたうようにいった。

『ことりんがお馬鹿なことというと、みんな笑うでしょう？　スタジオのひとも、テレビを見てるみんなも、笑ってくれる。頭叩かれるのも、ちゃんと手加減してくれてたから痛くなかったたし。あのね、わたしねテレビっ子だったから。テレビ見てると、悲しいときも嬉しくなったたし、さみしいときもそれを忘れたから、だから、ことりんがお馬鹿なことして、それでみんながあははって笑えるならいいかな、って思ってたんだ』

冬の花が咲く花壇の敷石を、ひらひらと舞うようにつたい歩きながら、彼女は笑う。

『ことりん、ひとが笑ってるのと楽しそうにしてるの、見るのが好きだったから、みんなが笑ってくれるなら楽しかったたし、ことりんがこの世界に生きていることに、意味があるんだなって思えたんだよ』

「笑ってくれなくても」わたしはいった。

「別に誰も笑ってくれなくても、ことりさんはこの地上にいて、よかったんだと思いますよ。この世界に誰かが生きていることに、誰の許可も必要なんてないんですから」

ことりは泣きそうな目をした。唇をきゅっとかみしめて、それから笑った。

「ありがとう。響呼先生、だいすき」

ふんわりと小鳥のように舞い上がり、うしろからわたしの肩に抱きついた。そうしても、幽霊の彼女には重さも、ふれる腕もない。ただ、温かな花の香りのそよ風が吹き寄せたような、そんな感じがした。

耳元で、ささやいた。少しだけ泣いているような、そんな声で。

『たぶん、ことりんね、先生の本を読んでいて、そこんところが好きだったんだ。――生きていてもいいですよ、あなたはここにいてもいいんですよ、って、いつも先生の本は、わたしにいってくれていたから。だからことりん、よく、疲れた時ね、先生の本を読んで泣いてたんだ。わたしみたいな駄目な子でも、この世界に生きていていいんですよね、って』

「――あなたは駄目な子じゃないでしょう？」

『えー、駄目な子っていつもいわれてたよ。母さんから。タレントになる前も、なったあとも。もっと稼がなきゃ駄目だって。うちはお金がない、父さんが逃げたからずっと貧乏だって、母さんが泣いてたから、お金さえあればいいんだ、じゃあわたしは稼ごうって、稼げば家族がみんな幸せになるんだって思って、だからがんばったんだけど――結局、うちの家族はみんな、幸せになれなかったんだ』

わたしが悪い子だったんだよ。力が足りなかったんだ、と、ことりは呟く。

『もっと立派な人間になれたらよかったなあ』

ことりの守ろうとした家族は、ことりの死後、ばらばらになってしまったと聞いた。

空から光が降り注ぐ。十二月の光なのに、どこか春の空の色が隠れているような、明るい温かい光だった。空の雲が晴れて、光のはしごが降ってきた。美しかった。

（ほんとうは――）

空を見上げて、わたしは思う。

（わたしがその言葉を、誰かにいってほしかったのかも知れないなあ）

あやかしを見る左目を持ち、自分を好きな誰かに災いをもたらす存在かも知れなくて。ひとの輪の中に入れず、やどかりのように遠ざかろうとしていて――でもほんとうは。

（ほんとうは）

いつでも人恋しくて、さみしかった。

誰かに必要とされたかった。

この世界に生きていてもいいよ、って、誰かにいってほしかったのは、きっと誰でもないこのわたしだったのだ。

ことりがお馬鹿な、歌のへたなタレントを演じることで、誰かを笑わせたいと思っていたのと、わたしが夜も寝ないで小説を書いていることは、どこかでつながっている同じことなのかも知れないなあ、と思った。

世界のどこかにいる誰かに、泣いている「あなた」に、笑ってほしいと思っている。

こうして生み出す、歌が、言葉が届けばいいと思っている。

だからきっとわたしたちは、夜も寝ず、ハリセンで頭を叩かれ、笑われても平気なのかも知れない。

そのときだった。

『ぎゃあ』と、突如としてことりが叫んだ。

空の一点を見上げ、そこにいる何者かに怯えながら、わたしの後ろに隠れようとする。

『先生助けて。凶暴な化け猫が出た！』

明るい日の光を背に受けて、白い翼をばさりとはばたかせながら、光るものが、上空からこちらへと舞い降りてくる。

背中に二枚の大きな翼をはやした、ペルシャ猫だった。青い目を炎のように光らせ、爪を尖らせて、こちらへとはばたいてくる。

はっきりとした、殺意が感じられた。

もちろん普通の猫ではない。あやかしだ。

「ちょっと、ことりさん。なんなんですか、あれ？」

『知らないよう。あの猫、こないだから、なぜかことりんを目の敵にして、襲いかかってくるの！』

空飛ぶ猫は、牙をむきだし、威嚇した。

「わあ、待った。ちょっと待った！」

わたしは思わず叫び、手にした園芸の本を盾にしようとして、そんなわけにはいかないと思い返し、その場に立ち尽くした。

「ちょっと待った、そこの空飛ぶ猫、猫さん。わたしたちはあなたの敵じゃないから！」

そのときには、上空すぐのところに近づいていた羽付き猫は、わたしの顔を偉そうな目でねめつけると、けっ、というような顔で笑い、はばたいて背後に回り込む。

ばりばりばり、と痛々しい音が響き、ことりの絶叫が響き渡った。

『やめて！　痛い！　ことりんの顔は商売道具なのに、この化け猫、なんてことするのっ？』

普通なら幽霊のことりの顔をひっかくなんてことはできないだろう。ただ、あやかし同士なら、ひっかくのもかみつくのも、なんでもできるということなのらしかった。

背後を振り返る。甲高い悲鳴を上げ、文句をいう割には、ことりの方も反撃をしていて、猫の羽につかみかかり、ひげを引っ張っていた。猫は猫で、彼女に無敵の猫パンチと猫キックを見舞うチャンスをうかがっている。

「ああもう！」

物理的に止めることは出来ないだろうけれど、それはそうなのだけれど、わたしは無理矢理幽霊と猫の間に割って入ろうとする。

せっかくの、貴重で平和な冬休みに、喧嘩なんて見たくも聞きたくもないのだ。

「何がどうなってるのかわからないけど、とにかくあなたたち、ちょっと冷静に——」

「どうしたの？」

澄んだ声がして、愛理がその場に姿を現した。おかっぱの黒い髪を揺らして、怪訝そうに首をかしげる。

「——響呼さん、そこに誰かいるの？」

愛理の目には、羽付きペルシャ猫も、ことりも見えない。この子は美しい歌を作る才能と、天使のような歌声を持っているけれど、この世のものならぬものを見る視力は持たなかった。——まあそれが普通なのだけれど。

いや見えていたら、この子にはいささかきつかっただろうと思わなくもない。なぜって、優しいこの子の周りには、いつもこの子に懐いている通りすがりの死んだ犬猫うさぎに小鳥たちが、死んだそのときの無残な姿のままで、寄り添い、佇《たたず》んでいるからだった。

それが生前はかわいい生き物であったとしても、轢死体《れきしたい》や溺死体《できしたい》は見ていて辛いものがある。救いは愛理の優しさのせいなのか、はたまた彼女が心底動物好き故に起きる奇跡なのか、彼女の側にいると、傷ついた生き物たちの傷は癒え、みるみるうちに生前の美しい姿に戻っていくということだった。はやまわしのフィルムのように元の姿に戻っていく様子は、見ていて感動的だし、ほっとするものもありはするのだけれど。

「うん、まあちょっと……」

わたしは自分の背後にいる謎の空飛ぶペルシャ猫と元アイドルの幽霊を振り返る。取っ組み合った姿勢のまま、驚いたように愛理を見ている彼らにため息をつきつつ、彼女にどう説明したものかと考える。

考えながら、ふと彼女の方を見て、

「——どうしたの、それ？」

思わず、声を上げた。

左足と左手が、包帯でぐるぐる巻きになっていたのだ。ロングスカートからのぞいている左足は特にひどいのか、かかとの辺りが腫《は》れ上がっているようで、この寒いのに、裸足にサンダルを履いていた。

「ちょっとドジって、転んじゃって」

あはは、と笑う。茶系の色とりどりのモチーフをいくつもつなげた長いカーディガンは、手編みなのかそれとも彼女のバイト先の一つである、古着屋さんにあったものなのか、お人形みたいな雰囲気のある、小さな彼女にはとてもよく似合っていた。

「昨日、夕方に、歩道橋の上から、階段をころげ落ちちゃったの。夕焼けがあんまり綺麗だったから、見とれてたのが悪かったのね。何かにつまずいて、ころころって。運が良かったのよ。だって頭打ってたら、死んでたかも……」

胃の辺りが具合が悪くなったのは、もしかして、わたしのせいで怪我をしたのかも、と思ってしまったからだった。事情があって、昔から、わたしのそばにいるひとたちは、何かと事故に遭いやすい。

わたしの見つめる視線が気になったのか、愛理は慌てたように言葉を続ける。

「大丈夫だから。ちょっと手足をひねっただけだから、家でおとなしくしてたら、すぐに治るって、お医者さんおっしゃったし……」

ペルシャ猫がふわりと彼女の側に行く。長い尾をあげて足下に寄り添い、傷ついた足にその顔をこすりつけ、悲しげな顔をした。

愛理はもともと動物に好かれるたちだから、通りすがりの羽付きペルシャに、心配されても不思議はない。けれど、猫が見上げるその表情からして、ひょっとしたら知り合いなのかな、と思わなくもなかった。

なので、訊いてみた。

「ねえ、ペルシャ猫の友達とか、いたことある？　ええと白くて大きい、青い目の」

愛理ははっとしたような表情をした。

「うん」小さくうなずいた。

「子どもの頃の、いちばん仲が良かったお友達。……すぐにお別れになっちゃったんだけど。優しくて、大きくて、ふかふかしたおじいちゃん猫で、だあいすきだったな」

猫はその言葉を聞くと、満足そうな顔をした。青い目を細め、得意げに顔を上げる。

もう一度、愛理の足に顔をこすりつけた。

（間違いない）

この猫だ、と思った。おじいちゃん、というには若く見えるけれど、死んだあとの姿がその最期の時と違うのはよくあることだった。——なぜ、その背中に白い羽がついているのかまではわからないけれど。

「ひょっとして」愛理が目を輝かせる。

「いまペルがそばにいるの？　響呼さん、響呼さんには、わたしには見えない、不思議なものが見えるんだよね？」

「ペルっていうの？　その子」

ふふん、というように、羽付きの白猫は、胸を張り、偉そうな表情でこちらを見る。

「うん。ペルシャ猫のペル。子どもの頃だったから、単純な名前をつけちゃったんだよねえ。悪いことしちゃった」

てへ、と愛理は笑う。そうして、自分の周りにいるだろうその猫を探すように、辺りを見回しながら、わたしにいった。

「ペルはわたしの守護霊様で、いつも天の上からわたしを見守ってくれてるんだって。ずっと前に、街で会った、旅の外国人の占い師のおじいちゃんが、教えてくれたの。背中に白い天使のような翼を持つ猫が、空の上からお嬢ちゃんを見守ってくれてるよ、って。だから、どんなにひどいことがあっても、きっとお嬢ちゃんは幸せになるよって」

白い猫は、愛理の足下で、得意そうに笑う。

（どんなにひどいことがあっても、って……）

そういい方はありなのか、と思わなくもないけれど——たとえば、歩道橋から落ちた彼女を、このペルシャ猫がぎりぎりで救った、みたいなことはありそうな気がする。この猫にはそれくらい出来そうな力を感じた。

(——あれ？)

わたしはふと思い出す。そういえば、愛理は、怪我が多い子ではなかっただろうか？ここしばらく、竜宮ホテルの主が不在の間は、コーヒーハウスであうことが多かったので、目についたのだけれど、指先に絆創膏《ばんそうこう》を巻いていたり、おでこにガーゼを貼り付けていたり、なんだかそういう姿をよく見かけて、それどうしたの、たいしたことないのよ、みたいなやりとりを、何回も繰り返したのを思い出した。

(待てよ——？)

思えば、十代の頃から、そうじゃなかっただろうか。いつも指先に包帯を巻き、足を引きずっていなかったろうか。

そうだ——校内で、何もない廊下で急に滑り、そのまま階段の下に落ちそうになっていたのを通りすがりの先生が助けるところを遠くから見たこともあったような。

愛理は当時、クラスメートから冷笑されがちだったのだけれど、そうした怪我が多いということや、落ちたり滑ったりが多いということも、どんくさい、と笑われ、いじめられる原因のひとつになっていたような……。

そのときわたしは、ふと遠い視線に気づいた。竜宮ホテルの中ではない、敷地の外の、遠いどこかからこちらを——愛理の方を見つめる、まなざしだ。

(空からだ)

ぱっと目を上げる。宙から誰かがこちらを、見下ろしていた。それは何か、『黒い』としかいえないようなまなざしで、じいっと愛理を見つめていた。そのまなざしは、生きているもののそれのようには見えなかった。まるで古い写真がそこにはりつけてあるように、凍り付いた昔の絵がそこにあるような感じで、ただ空に浮かんでいた。

そしてそれは、何の予兆もなく、ふっと消えた。わたしは自分の胸が速く鼓動を打っていることに、そのときになって初めて気づいて、呆然とした。

(ああ、そうか。あれは、『呪い』だ……)

ここ竜宮ホテルにたどり着くまで、わたしはああいったものには目を向けないようにしていた。「普通」のひとの目には見えないものは見ないように、見えないふりをしようとしていた。だから、気づかないだけで、ああいったものがいままでも身近にあったのかも知れないけれど。いくつもの呪いの側を、知らずに通り過ぎていたのかも知れないけれど。

(愛理にとりついている、『呪い』だ——)

（生き霊、だ）

あれは、愛理が不幸になるように、それを願っている誰かの視線だった。この子が泣けばいい、失敗すればいい、怪我をすれば病気になれば、いっそ死んでしまえば、と、願う誰かの思いが、あの視線になって、いつもこの子についてきているのだった。

こんなこと、別に学んだわけではない。先祖から受け継いだ左目のせい、そして小さい頃から周囲にいてくれた、草木や風の精霊たちが、いつの間にやらささやいて教えてくれていた知識が、わたしの記憶の引き出しの中に、気づかぬうちに入り、しまわれていたのだった。

（あんなものがとりついていたんじゃ……）

むしろよくいままで生きてきたなあ、と、思う。

冷たい汗が流れ、吹きすぎた冬の風に冷えた。

「ええと……あの」

わたしはどう訊いたらいいのかわからず、でも、訊ねてみようと思う。

「何かその、誰かに嫌われちゃったとか、そういう経験って、あるかな？」

あれは一体、「何」が彼女を呪っているのだろう？

愛理は寂しげな目をした。けれど笑う。

「わたし、ずうっといじめられっ子だったから、そういうの得意だったよ?」

「あ——そういう意味じゃあなくて……」

うまく言葉が思いつかない。

なので、彼女の足下を見つめていた。

「あのね」やはり言葉が浮かばない。

「愛理さん。お医者様がじっとしていたら治る、っておっしゃったんだったら、家でじっとしてた方がいいと思うんだけどな……」

とりとめもなく、どうでもいいようなことを呟くと、彼女は笑っていった。

「だってわたし、忙しいんだもの」

「アルバイト?」

「それはさすがにみんな、休んでいいって。この手足じゃ使い物にならないものね」

「ああ、まあ」

「ピアノをね、弾きに来たの」

「ピアノ?」

「ホテルの温室の、白いピアノ。草野先生がこないだ弾いていいっておっしゃったから。

——わたし、年末年始はホテルじゃなく、街の他のお店でアルバイトがあるから、たぶんここへ来て弾く機会がないのね。——でも、ほら、バイトがお休みになったじゃない？」

愛理はにっこりと笑う。

「これは神様が与えた、いい機会だと思って」

「ピアノなんて——」

いつでも弾けるじゃない、そういいたかった。大体、その手でどうして鍵盤《けんばん》がたたけるというのだろう。

けれど、彼女は優しい声で続けた。

「いま、弾きたいの。わたし、十二月に、自分の手でピアノを弾くのが夢だったの」

気がつくと、ことりが彼女のことをじっと見つめていた。それは見たこともないような、静かな深い表情で、唇は何かいいたそうに震えていて、あれ、この子はもしかしたらこれが初対面ではなく、愛理のことを知っていたのだろうかと、そのときわたしは思ったのだった。

降りそそぐ柔らかな日差しの中、愛理は左足を引きずって歩く。わたしと猫とことりは、その速さにあわせて、ゆっくりと歩く。

中庭を抜けて、蔓薔薇のアーチに取り巻かれた裏の扉を目指す。ホテルの温室へと向かって。彼女は、空からの日差しを浴びながら、上機嫌な表情で、さえずるように話す。

「子どもの頃ね、家にピアノがあったの。お父さんのピアノ。アップライトの小さなピアノだったんだけど、それでわたし、弾くこととうたうことを覚えたんだ」

「そうなんだ」

「白いピアノだった」

「温室のピアノと同じだね」

「あんな高級な、グランドピアノじゃなかったけどね。結婚前のお父さんが中古で買ってきたんだって、お母さんがいっていた。

でも、大好きなピアノだったんだ」

「うん」

愛理は気がせくのか、先に立って歩く。足を引きずっていても、その気力だけは、怪我をしているとは思えない。中庭に敷かれた美しい敷石を、よろけながら、でもどこか妖精めいた楽しげな足取りで踏んでゆく。

蔓薔薇に取り巻かれたホテルの裏口の、古い木の扉、足下に飾られた赤いゼラニウムの入ったプランターの前で、その後ろ姿は止まった。

「――ピアノね、売られちゃったんだ。わたしが四年生の時ね、十二月に、学校から帰ってきたら、ちょうど、トラックで運ばれてくところだった。お母さんが売っちゃったの。あれはお父さんのピアノだったのに。売ってしまった……」

愛理は振り返る。少しだけ声が震えていたから、泣いているのかと思ったのに、笑顔だった。仕方ないよね、と笑う。

「お父さん、お母さんとわたしを置いて、家を出て行っちゃったんだもの。だから、家族に荷物を処分されたって、仕方がないんだもんね」

温室はホテルの一階、ロビーの隣にある。磨りガラスの壁にある、ガラスで出来たドアを開けると、すでにガラス越しに見えていた緑色の空間が、草木や花の甘い匂いと共に、緑の波のように目の前に現れる。

そこに広がるのは、幻想の南の国。遠い昔、このホテルが建てられたときに、その頃は長い船旅の果てにしかたどり着けなかった、海の彼方の楽園、南の国を夢見て作られたガラスの世界。豪奢に飾られた鉄の枠と、厚いガラスに覆われ守られたこの広い空間には、その頃のホテルのオーナーだった、昔の日本の若者が憧れた、緑濃き楽園があった。

太平洋戦争の時、一度は壊され、その後戦火で焼かれたという温室は、戦後再建され、いまは昔のままに、多くの緑をその中で茂らせ、泉と川を模した噴水がせせらぎの音を立てていた。

ガラスの壁を覆う、蔦と蔓薔薇、木香薔薇《もっこうばら》の間から、きらきらと水晶のような昼前の日差しが降りそそぐ。

白いグランドピアノは日差しの下にあった。そのそばにはこのピアノの主、ゆり子さんがいて、ピアノに手を置きながら、静かに愛理を歓迎するように微笑んでいた。

長い黒髪に白いリボンをつけ、白いワンピースを身にまとう彼女は、戦時中の女学生。その頃に空襲で亡くなった少女なので、愛理にはその姿は見えない。

羽付き猫は、彼女のことは知っているのか、威嚇するでもなく、自然な感じで彼女の方をゆるく見上げた。ゆり子さんの方も、まあ猫ちゃんいらっしゃい、という笑顔で猫を見る。

ことりの方も、この温室に来たことがあるのだろうか。ゆり子さんとは軽く視線を合わせただけで、互いに微笑みあっていた。

思えばことりは歌手だった少女なので、ゆり子さんとは幽霊同士話が合うことも多いのかも知れず、話し込んだことがあったとしても、不思議ではなかった。

愛理は自分を見守るものたちの姿を知らず、微笑みに取り巻かれていることも知らないままで、そっと椅子に腰を下ろす。少しだけ引いて、白いピアノの蓋を開けた。

「――木の匂いがする」

小さな女の子のように、嬉しげに笑った。

鍵盤の上に、包帯を巻いていない方の手を、右手を滑らせるようにする。そのままそっと頰を鍵盤の上に伏せた。黒い髪が、白い鍵盤の上に、降りかかる。

「こうして鍵盤にふれているとね、大きな木を見上げているような気がするの」

ことんことん、と、ゆっくりと鍵盤を押し込み、愛理はピアノの音を奏でた。

「ピアノの音は、木の魂の声」

片方だけの手で、最初は和音を、やがて、きらきらと綺麗な曲を奏ではじめた。

「目を閉じて弾いていると、大きなもみの木を見上げているような、そんな気がするの。もみの木からは優しい緑の腕が伸びて、空からは光が降りそそぐ……小鳥たちの声が聞こえて、楽しいことが起きるよっていうの。もうじきにクリスマス、枕元を見てごらん。きっと朝になればいいものが待っているから」

包帯の手を鍵盤にのせて、愛理はいてて、と声を上げて笑った。目を開ける。

「うーん。まだちょっと弾けないかな。思い切りひねっちゃったから。――でも、歩道橋なんて高いところから落ちた割には、頭打たなかったし、いいよね。舌嚙んでたりしたら、うたえなくなってたし」

「いやそういうことじゃないでしょう?」

「あ、舌嚙んでたら死んでたね」

愛理はあくまで明るく笑う。

光が一杯に満ちた温室で片方の手だけで、音楽を奏でる。

「こういうの、懐かしいなあ。子どもの頃、よく、片方だけで弾いてたの。右手だけで。左手はむずかしいから、お父さんが弾いてくれてた。ピアノ、お父さんに教わったんだよね。あの頃は、お父さんとお母さんは仲が良かったから、そんな風にしてピアノを弾いていたら、お母さんは喜んで聴いていてくれたのになあ」

愛理は、懐かしそうに話す。

いつかクリスマスソングを奏でていた。もみの木にホワイトクリスマスに、きよしこの夜。片方だけの手、五本の指でも愛理はさほど困っていないように見えた。

「ペダルが踏めない」

途中で口を尖らせていたけれど。

「愛理さんのお父さんは、いまどこにいるの?」

愛理を助けてはくれないのだろうか?

そう思って訊いた。けれど愛理はこちらを振り返らないまま、答えた。

「お父さんは弱いひとだったから」

「……………」

「うち、お母さんがなんでも出来るひとだったのね。同じ会社でお勤めしていたのに、お母さんの方がお仕事できて。……お父さんは駄目ね、頭悪いわね、弱いわね、って最初はお母さんは笑いながらいってたんだけど、だんだん、その顔と声が怖くなった。

ピアノしか弾けないひとね、って。

お父さん、だんだん家に帰ってこなくなって、最後はいなくなっちゃった。――そしてピアノもなくなって、お母さんはそのうちにいったの。『愛理は駄目な子ね。弱くて馬鹿で。お父さんにそっくり。顔も似てて腹が立つ』」

愛理は笑顔のまま、振り返る。

「わたしだって、お母さんに似たかったのよ。お母さん、背が高くて、美人だったもの。なんでもはっきりいえて、誰にも負けないの。

わたしも、あんな風な女性になりたかったな。無理だったけど」

くすくす、と愛理は笑う。

「わたしは」つい、いっていた。

「いまの愛理さんが好きだから、だから、そのお母さんに似なくてよかったと思うなあ」

「そう?」

愛理は笑う。鍵盤に手を置いて。

「響呼さんにそういってもらえるなら、じゃあよかったかな。嬉しいなあ」

目を閉じた。すうっと何の前触れもなしに、涙が頬に流れて、そして愛理は慌てたようにその涙を指先で拭くと、笑った。

「だめだねえ。クリスマスのこととか、お父さんのこととか思い出すと、いまでも泣けちゃうみたい。もう子どもじゃないんだから、泣かなくてもいいようなものなのにね」

「泣きたいときは、無理に笑わなくてもいいんじゃないかな、と思うよ」

きょとんとしたように、愛理が振り返る。

「ええと、つまりその、わたしの前では無理に笑わなくてもいいかな、って……」

友達だし。口に出さなくても、その一言はきっと通じたかな、と思った。この歳になっていったい、わたしは何をいってるんだろうとも思ったけれど。

昭和の時代の青春ドラマか、戦前から戦後すぐの辺りの少女小説みたいだなあと思うと頬が赤くなった。けれど愛理は嬉しそうに笑ってくれたので、まあいいや、と思った。

きっとたぶん、いいおとなになっても、人間にはわかりきったこと、当たり前のことを、言葉にしなくてはいけないことがあるのだ。

ふたりと一匹の優しい幽霊たちが、ピアノの側に寄り添い、それぞれに笑っていた。——猫の表情まではわたしにはよくわからないけれど、たぶん笑っていた、と思う。

温室には光が降りそそぐ。白くつややかなピアノには、木々の葉の色が光のように映り、薄く柔らかな緑に染まって見えた。南国の甘い花の香りと、木々や草の葉と、水の匂いがする。空気はほのあたたかく、いまが十二月だということを忘れそうになった。

愛理は微笑み、そしてまた片手でクリスマスソングを奏ではじめた。


おばあちゃんがお昼を作って待っているとかで、愛理はそうたたずに、家に帰っていった。わたしは——わたしとことりはどこかほっとして、ホテルの門で、彼女を見送った。

羽付き猫のペルは彼女の頭上を、ふわふわと舞い、守るようについて行った。

『ほんと、ひどい猫』

ことりは忌々《いまいま》しげに、唇を突き出した。

「仲良くすればいいのに」

『あうたびあっちが先に飛びかかってくるんだもん。絶対無理。ことりん、話が通じない相手って苦手だもん』

「まあ、猫だしねえ」

わたしはことりといっしょに、ホテルの中へと戻る。あたたかいからとカーディガン姿でうろついていたけれど、温室で時間を過ごしたあとだと、外はやはり寒かった。

「あの猫さんはたぶん、愛理さんを守ってるつもりなんでしょうね。守護天使として。ことりさんは何かで、愛理さんによくないお化けだと、悪霊認定されちゃったんでしょうねえ」

歩きながら、まあ無理もないか、と思う。きっと最初に出会ったとき、いかにもなお化けスタイルだったりしたのだろう。たとえば今朝わたしの部屋を訪れたときみたいに、出血大サービスをしていたとか。天井からこうもりのように逆さまにぶら下がっていた、とか。

ことりは口を尖らせる。

『ことりん、悪くないもん。ただ生きてる頃、猫アレルギーで鳥アレルギーでもあったから、最初あの猫を見たとき、うわあ、二倍のアレルゲンが飛んできた、蕁麻疹《じんましん》出ちゃう、って思って』

「……え?」

『うん、猫だもん』

お化けも、蕁麻疹は出るのだろうか。

『やだもう、こっちくるな、ってつい思ったら、それきり敵認定されちゃったみたいで』

「野生動物……じゃない、猫、じゃない、元猫でも、そういう勘は鋭そうだものねえ」

そんな話をするうちに、いつの間にかことりの姿はわたしの側から消えていた。

あの幽霊少女はいつもそんな風で、気まぐれにやってきては、また気まぐれに消えてゆく。まるで風にでも吹かれるように。


部屋に帰ると、ひなぎくがもう戻っていた。

「ひなぎくちゃん、お昼いきましょうか？」

「はい」

「何か食べたいものってあります？」

仕事が忙しいと、のんびり外食にいくのも難しくなる。外での食事は、冬休みらしいイベントといえないこともなかった。だから、彼女のいきたいところにつれていってあげたかった。

ひまわりは目を輝かせた。そして、

「お子様ランチがいいです」

といった。

お子様ランチは、風早のデパートの屋上のファミリーレストランにあるものが豪華で美味しい、らしい。らしいというのは、わたしはこの街で育っていないので、風早育ちの寅彦さんに聞いた話なのだった。

かわいいお皿に、グリーンピースが入った、美味しそうなチキンライスとスパゲティ。トマトとポテトのサラダ。熱々のカップスープ。小さめのグラスにつがれたオレンジジュース。かごから選べる、おまけのおもちゃ。

耳を隠すために大きなボンボンのついた毛糸の帽子をかぶったひなぎくは、クリスマスソングが流れるファミレスで、美味しそうにお子様ランチを食べて、おまけのおもちゃを大切そうにバッグにしまった。

今日選んだのは、プラスチックのきれいなビーズで出来たネックレスだった。

「里に帰るとき、あやかしの子どもたちに、お土産に持って行こうと思うんです。こういうきれいなもの、隠れ里にはないですから」

この前来たときは、ロボットのおもちゃを選んでいた。ひなぎくは山の奥の、妖怪だけが住んでいる隠れ里の出身なのだけれど、そこで暮らしていたときは、自分よりも小さな妖怪の子どもたちを家に引き取り、お姉さんとして面倒を見てあげていたという。隠れ里ではおとなは長生きできなくて、人口——というか、妖口、というべきか——が、とても減っている。彼らはみんな肩を寄せ合って暮らしているのだそうだった。

「あの」わたしは訊いていた。クリームソースのきのこのパスタを食べる手をとめて。

「ひなぎくちゃん、帰っちゃうんですか?」

「いいえ」

窓の外の屋上遊園地の観覧車を見ていたひなぎくは、驚いたような笑顔で振り返った。

「まだまだ帰りません。——里に小さい子たちを置いてきてしまったから、いつかは様子を見に帰らなきゃ、とは思うんですけれど」

だってわたし、お姉さんですものね、と、ひなぎくは胸を張って笑う。

「子どもたちのためだけじゃなく、いつかは、人間の街のことを伝えるために、一度帰らなきゃとも思っています。だってみんな、最近の人間の街のことを、何も知らないんですもの。知らないままに、怖がったり、嫌ったりしてるのって、よくないと思うんです。

そのためにも、わたしは人間の街や暮らしになじみ、研究して、みんなに説明できるくらいに詳しくならなくちゃ、って思うんです。

——とりあえず、近いところでは……」

真剣な顔になって、ひなぎくは声を潜める。

「――くりすますいぶの夜に、世界中の空を飛んで、子どもたちの枕元に置き土産を置いていくという、赤い服のおじいさんにあいたいです」

「……そ、それは」

わたしは念のために訊ねた。

「サンタクロースのこと、ですか？」

「はい」

テーブルに身をかがめ、野生動物のように輝く目をして、わたしの表情をうかがっているひなぎくを見て、わたしは、果たしてこの子は、初めての人間の街のクリスマスをどんな気持ちで過ごすのだろうと想像して――。

つい、笑ってしまった。

「お姉様、なんで笑うのですか？」

「え？　うん、なんででしょうねえ」

ごまかす。ひなぎくは首をかしげながら、オレンジジュースを美味しそうに飲んだ。

そんな彼女の様子を見ているうちに、ふと――愛理とペルのことを思い出した。

なんとなく、話題にした。

「ねえ、ひなぎくちゃん」

「はい」

「竜宮ホテルで、空飛ぶ猫さんを見たことがありますか？　愛理さんのお友達の」

「はい。羽のある猫さんですよね」

それが当たり前のことのように、笑顔でうなずき、ひなぎくは答えた。

「ペルさんはお友達です。おしゃべりな猫さんですよ」

「――おしゃべり？」

「はい」

少し考えて、ああ、と思った。妖怪の言葉か猫の言葉かはわからないけれど、ひなぎくとペルの間では会話が成立するのだろう。

「ペルさんは、捨て猫だったそうです。もうおじいさんだったんだけど、病気になったので、めんどうになった飼い主から、冬に公園に捨てられたんですって。長い毛が雨と雪に濡れて、こんがらがっちゃって、寒いし、おなかがすいたしで、とっても悲しかったときに、小学生だった愛理さんが見つけて、おうちに連れて行ってくれたんですって。

でも愛理さんのお母さんが、猫も犬も大嫌いだから、おうちへいれちゃだめだっていって、それでペルさんは、お庭に隠れて暮らしてたんですって。愛理さんのご飯や、給食をわけてもらって、それで生きてたんだけど、雪が降った日に、死んじゃったんですって」

ひなぎくの目に涙が浮かんだ。

「その日は、土曜日で、塾に行っていた愛理さんが帰ってきたら、おうちの鍵がかかっていて、その日鍵を持っていなかった愛理さんは、おうちに入れなくて。雪が降って、寒くって。玄関の前で、ペルさんを抱っこして、お母さんが帰るのを待っていたんですって。夕方になって、夜になっても、お母さんは帰ってこなくて。雪はやまなくて、降り積もり始めて。愛理さんが寒そうに震えていたから、ペルさんは一生懸命、愛理さんを暖めてあげようとしたんですって。すっかり汚れてぼろぼろになってしまったけれど、まだふわふわの長い毛で愛理さんをくるんで、熱い舌で、顔を一生懸命舐めて。愛理さんの腕の中で、ペルさんはがんばって。がんばって。

そのうちに、隣の家のひとが、雪の中でうずくまっている愛理さんを見つけて、びっくりして病院につれていってくれて——それで、愛理さんは助かったんだけど、そのときにはもう、ペルさんは動けなくなっていたんですって。ああ、自分はもう死んじゃうんだなあ、ってわかったんですって」

「…………」

「死んでしまうのは悲しいけれど、でも、長生きしたし、まあいいか、って思った。でも、愛理さんのことが心配でたまらなかったんですって。——自分がいなくなってしまったら、もうこの子は寒い日も暖まることが出来ない。毛皮で暖めてあげることも、熱い舌で舐めてあげることも出来ない。

それが、くりすますの日、だったんですって。ペルさんは、最後の最後に、人間の神様に祈ったんですって。初めて、祈ってみたんですって。自分はこの優しい女の子のそばにいたいです。この子が幸せになるまでは、そばを離れたくありません。神様、神様は人間の神様ですけれど、老いた猫の願い事は、叶えてはくださいませんか？　この優しい女の子を守ってくださることは、神様はしてくださらないのですか？

ペルさんは思ったんですって。自分があの子を暖めたと思っていた。けれど、ほんとうは、あの子が自分を抱きしめて、暖めてくれていたんだな、と。あんなふうに、ぎゅっと抱きしめられたことは久しぶりだったな、と。

気がついたら、背中に羽がある、なんでもできる猫さんになっていたんですって。愛理さんに危ないことがあれば、飛んでいって守ってあげることが出来る。熱があって寝ているときは、枕元で羽であおいで熱を冷ましてあげることも出来る。ひとの目には見えない存在になってしまったけれど、かわりに、寒いときには愛理さんと一緒に眠って、愛理さんには見えないけれど、ほんわかとした湯たんぽになってあげることも出来る――。

ペルさんは、だからいま、幸せなんですって。――でもね」

ひなぎくは言葉を切った。「どんなにそばにいても、守り切れないことがあって、心配で、困ってるんですって。怖い目がいつも、愛理さんを見てるんですって。お母さんの」

「お母さんの？」

「愛理さんのお母さんの目が、愛理さんを追いかけていて、悪いことをするんですって」

わたしはあの暗いまなざしのことを思った。空から降り注ぐ、暗い目。

表情と魂を感じさせないそれは、いま思えば、どこかしら愛理に近いものを感じさせて、でもまるで違うもので。

（ああ、そうなのか……）

胸の奥がぎゅうっと痛んだ。

（あれは、愛理のお母さんの生き霊だ）

たぶんそれが正解なのだろうと悟った。

愛理は、自分の母親から虐待されていたのだと、話してくれたことがある。

いまは自らその手から逃れて、仲が良い父方の祖母の家で、犬猫に囲まれて楽しく生きているけれど。――けれど。

あの暗いまなざしは、愛理から離れることがないんだな、と思った。自分の娘が幸せになることを許さず、どこまでも——たぶん世界の果てまでも追跡してきて、機会があれば階段から突き落とし、夕暮れの歩道橋からも墜落させようとするのだろう——。

（母さん……）

わたしは遠い街で眠っている自分の母さんのことを思う。あのひとはいつだって優しくて明るかった。ほんとうは少しだけさみしがりやで、夜の闇に紛れて、ひとりで泣いていたりすることもあったけれど、わたしが起きたことに気づくと、泣いてなんかいなかったふりをして、笑うひとだった。

風変わりで、マイペースで、ちょっと困ったところもあるひとだったけれど——。

あのひとはいつだって、わたしの大好きなお母さんで、わたしが泣きたいときは、きっと柔らかな胸で抱き留めてくれた。

世界中の、ありとあらゆるものからわたしを守ろうとしてくれていて、わたしの幸せだけを、いつも祈ってくれていた。

（お母さんというのは……）

そういう存在じゃなかったのだろうか。

愛理のお母さんの心が、わからなかった。

そういうひとがいるということは、知識の上ではわかっていた。でも……。

わからないということが、とても傲慢《ごうまん》なことのような気がして、どうにも気が滅入った。

夕方、植物園にひなぎくを誘うつもりでいたら、彼女はもう先約があって、キャシーと子ども図書館に、クリスマスの絵本を借りに行くのだそうだ。子ども好きの老紳士、小鳥遊さんが、ついでがあるから送りますし、連れ帰ってもきますよ、と、張り切っていたので、お任せすることにした。あの外国人の紳士も、時折目に寂しげな影がよぎることがあるひとなので、クリスマスが近い夜、子どもたちとつかの間の時間を過ごして幸せになれるのなら、それもいいことかもしれない、と思う。

わたしはぽっかりと時間が空いてしまったので、久しぶりにひとりで街に出た。駅前商店街まで、バスでなく歩きで行き、クリスマスの明かりが綺麗な商店街と、有線で流れるクリスマスソングを、楽しげなひとの賑わいを満喫した。――〆切りに焦らない状態で、こんな風にのんびり街を歩くのは、どれだけぶりだろう、と思った。

本屋さんに行き、ＣＤ屋さんをのぞき、レンタルのＤＶＤショップを冷やかして、おもちゃ屋さんや、子ども服のお店のショーウインドウをのぞいたりもして、ひなぎくに贈るプレゼントのことを考えた。――彼女がいうところの、謎の赤い服の空飛ぶおじいさんの代役がわたしに務まるだろうか？　とんでもなくミステリアスな存在として想像されているらしいけれど。

ふらふら歩くうちに、港の側の公園の近くに出た。港には今夜は豪華客船が泊まっていて、きれいな明かりが灯り、海の水に光が映って、とても綺麗だった。

「人魚姫の船は――」

アンデルセンの人魚姫が海の上に見たという、王子様が乗った船は、こんなふうにきらきらときらめいていたのかな、と思った。

ふと、気づいた。聞き慣れた声が聞こえる。

港を見下ろす小さな丘の上の公園で、愛理がうたっている。

片方の手と片方の足が傷ついているから、今夜は楽器は何も持っていないけれど、公園の明かりと、そしてちょうど射してきた月の光の下で、大きな舞台に立つ幸福な歌姫のような表情で、朗々とうたっていた。

「しょうがないなあ」

わたしは苦笑する。なんで家でじっとしていないんだろう？　夜気は冷えている。吐く息は白い。怪我をしたからだに良いわけがない。

まったくもう、とつぶやきながら、でも耳は彼女の声に聴き入ってしまう。

船の船員らしきひとびとや、観光客たち、通りすがりの地元のひとたちが、彼女の歌に耳を澄ませている。潮の匂いのする夜風が駆け抜ける公園の、冬の花々と木々に包まれた彼女は、童話の中のキャラクターのようで、それこそ人魚姫のようだった。原作の人魚姫は、ひとになるために声を失ったのだけれど、そこにいるのは、ひとになるまえの、いま海の中から立ち現れたばかりの、幼い人魚の姫のようだった。

声は、月の光の下、透き通り、夜風に乗って街に響き渡ってゆく。天鵞絨《ビロード》のようにつややかなその声は、夜だけにまるで子守歌のよう。自分の声を聴くすべてのひとの心をなで、傷を癒やし、優しく眠りにつかせようとするような、そんな、声だった。

そのとき、誰かが耳元でささやいた。

『ことりんね、あんな風にうたいたかったんだ。自分の歌をうたいたかったの』

夜の公園で、桃原ことりがいつのまにか、わたしのすぐ側に立っていた。

『みんなにかわいいっていわれるの、好きだった。お馬鹿で明るいことりんって笑われるの、楽しかった。でもね、心のどこかで、ときどきね、ほんとうの自分の言葉で話してみたいなって、思ってたの。――だけど、そんな真面目なことりん、みんなに必要ないっていわれちゃうかもな、って思って。

だから、ことりん、ずっとお馬鹿なままだったの。ほんとはね、自分の言葉でうたいたくて、詩も書きためていたのにね』

ことりは、ふうっとため息をつく。

『でもそんなこと、誰かにいう前に、事故で死んじゃって。——最初はね、しょうがなかったかな、って思ったの。でもね、お葬式の時の自分の写真見たら、ことりん、悲しくなったの。いつもどおりの、元気で、ちょっと馬鹿っぽい笑顔の写真でね。そりゃ写りがいい、かわいい写真ってことで選んでくれたんだろうな、って思ったんだけど。でもね、あああれはわたしじゃない、って思ったの。

違う違う、って思いながら、ずうっと街を歩いてた。天国に行く道は、最初わかってたんだけど、だんだん見えなくなった。

そのうちにね、心の中に、暗くて重たい穴が開いてきてね。さみしくって悲しくって、たまらなくなって。ほんとうのわたしを誰も知らない、わたしのほんとうの心をわかってくれるひとなんて、世界のどこにもいない、って思ううちに——たぶんあの頃、ことりん、悪霊になろうとしてたんだ。

でもそんなある日、ことりんね、あのひとの歌を聴いたの。檜原《ひのはら》愛理の歌。駅前の公園で、夜にキーボードを弾いてうたってた。自分の言葉で、自分の声で。明るくて、強くて、優しい声で。わたし、その歌を聴いて、悪霊になることをやめたんだ』

晴れ晴れとした声で、ことりはいった。

月の光に照らされながら。

彼女もまた、人魚姫のように。

『ほんとうのわたしを誰も知らなかった。知ってもらえないと思ってた。

最初からあきらめていたの。でも、声を出していたら、誰かに届いていたのかも知れない。もし、あんなふうにうたい、静かに叫んでいたら。——そう、思ったんだ』

わたしを振り返り、静かな笑顔でいった。

『わたしはひとに愛してほしかったの。わたしのこと好き、大好きだよっていってほしかった。それがたったひとつの、わたしの願いだったの。同じことを、愛理さんもうたっていたの。公園で聴いたとき、悪霊になりかかった耳で聴いたとき——ことりんね、ひとはそれをまっすぐに願ってもいいんだ、って初めて知ったの。それは願ってはいけないことだと思ってた。えへへ。かっこつけてたんだね』

わたしは少しだけうなずき、自分も笑った。

愛理の想い。そして、ことりの願い。

(みんな、同じだよね)

同じ願いをほんとうは持っていたのに、口にできなかった、昔のわたし。いまもたぶん、ほんとうには、心の中が変わってはいない。いまでもたぶん、同じことを夢見ている。

こんな自分でも愛されることを。

世界の片隅に存在していいよ、と、誰かに認めてもらうことを。

誰かに声を聞いてほしくて、それで小説を書いていたのかも知れない。

いままで書いてきたものはすべて、わたしの声、わたしの歌だった。

愛理の声は、空に響いてゆく。

ほんとうに、なんて優しい、強い声なのだろうと思った。

『ああ、生きていたかったな』

ことりが、笑顔でそうつぶやいた。

『いまわたしが生きているのなら、一瞬だって迷ったりせずに、自分の言葉でうたいたいです、って、いうことができたのにな』

軽い調子でいっているようにきこえたけれど、笑顔でもその表情はどこか歯がみするようで。悔しくてたまらないようで。

私が言葉をなくしていると、彼女は笑って、そうっといった。

『だからね、先生はわたしみたいなことになっちゃだめなのだよ。長生きしてください。

いいたいことはいい、想いは伝えてほしいの。――ううん、先生に限らず、この世の誰にも、ことりんみたいな気持ちになってほしくないなあ。大事なことは死ぬ前に気付かなきゃね』

ね、とかわいらしく、彼女は笑う。

もうとりかえしのつかないところにいってしまった、さみしがりやのアイドルは笑う。

わたしは思った。――では、自分はせめて、彼女を覚えていよう。彼女から聞いた話を、覚えておこう、と。

彼女の想いが、いいたかった言葉が、誰も知らないものになってしまわないように。

この世に残り、誰かに伝わるように。

(そして……)

わたしは、誰かの言葉を聞くようにしよう。誰かの姿を見ているようにしよう、と思った。

せっかく祖先から、この目と耳を受け継いだのだから。

妖精が見える、不思議な左目。

この世のものならぬ友人たちから助力を得、語り合うことが出来る力。

そのほとんどの力を封印して、見えない聞こえないふりをして生きてきた。けれど――。

（わたしが耳をふさぎ、目を閉じていた間に）

聞こえない言葉は、どれほどあっただろうか？　悲しい涙が、流されることはなかったのだろうか？

通りすがりの悲しい誰かを、わたしは気付かぬうちに、見捨ててはいなかっただろうか？

（知らないこと、気付かないことも罪だから）

少なくともわたしは、罪だと思うから。

だから、もう目をふさぐことは、やめよう、と思った。

わたしは、ことりとともに、歌声を聴く。

そっと耳たぶに手を当てて、夜風に乗って届く歌声を、すくい上げるようにした。

エピローグ

魔法の夜

わたしが人間の街で迎える、初めてのくりすますが近づいてきました。

今日、十二月二十四日が、くりすますいぶ、といって、くりすます本番の前の日で、今日の夜に、赤い服のおじいさんは、空を飛ぶとなかいという生き物の引く橇に乗って、世界中の空を飛ぶのです。

その橇はどれくらいの速さで飛ぶのでしょう。飛行機くらいでしょうか？　全世界の子どもに、今夜一晩でプレゼントを配るというと、どれほどの早業で仕事をこなさなくてはいけないのでしょうか？

やっぱりなんだか、そのひとは、人間じゃなくて、妖怪の一種のような気がします。

それか、もしかしたら、神様の仲間のようなものなのでしょうか？

小鳥遊のおじいさまが、このあいだ、さんたくろーすの絵本を買ってくださいました。

そのおじいさんは子どもが大好きな優しいひとで、なによりも子どもの幸せを願っているのだそうです。子どもたちのためなら、不思議な魔法を使うことが出来るのだそうです。

そのおじいさんはおうちの屋根の煙突から入ってくるみたい。まるで泥棒か忍者のようです。空を飛ぶのが速い上に、よほど身軽なのでしょうか。

でも、屋根からくるとわかっているのなら、こちらにもやり方があります。とりもちを仕掛ければいいのです。たくさんのたくさんのとりもちを。

いいことを思いついた、急いで夜までにとりもちの準備をしなくては、と思ったのですが、さっき、ロビーの暖炉のそばで、夕方の新聞を読んでいた響呼お姉様にそう話したら、すごく困ったような顔をしました。

「……それはちょっと、サンタさんがかわいそうじゃないですか？」

「かわいそう？」

赤い服を着て夜空を飛び回り、屋根に降り立って、枕元に勝手にやってくるような、あやしい謎のおじいさんなのに、捕まえてはいけないのでしょうか？

「ええと、だって、サンタさんは、子どもたちに、プレゼントを配りに来てくれる、優しい善意のひとなんですからね」

そのとき、側で話を聞いていた、かわいい幽霊のことりんさんが、笑顔でいいました。

『ひなぎくちゃん。お年寄りには親切にしてあげるのが、人間の世界のしきたりっていうものなのよ。とりもちなんか仕掛けたら、サンタさん、屋根の上にはりついて、転んで、ぎっくり腰になるかも知れないでしょ？』

わたしは納得しました。

「そうですね。かわいそうだから、捕まえるのはあきらめます……」

わたしはさんたさんをいじめたかったわけじゃありません。ただ、すぐそばで、お話をしてみたかっただけなのです。

日比木のお兄ちゃんが、のーとぱそこんを持ってきて、わたしに見せてくれました。

「サンタさんがいまどこを飛んでいるのか、NORADがずっと追跡してるから。これを見れば、捕まえてるようなものだからさ」

「のーらっど?」

「北米航空宇宙防衛司令部……ええっと、飛行機や宇宙について観測しているところだよ。そこで、サンタについても追いかけることになってるんだ。空を飛ぶものだからね」

「へええ」

「飛行機や人工衛星を使って追跡するんだよ。日本時間の午後六時から追跡が始まるから、ほら、さっきちょうど始まったところだ」

のーとぱそこんのえきしょうのがめんの中で、枝みたいなみごとな角のとなかいの橇に乗った、さんたさんが、不思議な笑い声を上げながら、空を飛んでいました。

わたしはそれで、ほんとうにいろいろと理解したのです。——つまりさんたくろーすというおじいちゃんは、渡り鳥みたいな存在なのだろうと。だって前に、ちょうどこんな風にして、渡り鳥を追跡しているテレビ番組を見ましたもの。さんたさんは、きしょうかちのある、てんねんきねんぶつみたいなおじいさんなのでしょう。じゃあやっぱり、とりもちで捕まえてはいけないのだな、と思いました。

たしかに、世界中の子どもたちの枕元に忍び込んで、プレゼントを置いてくる、なんてとくべつな魔法が使えるおじいさんが存在するとしたら、そのせかいいちの魔法使いみたいなひとは、保護されるべきだと思いました。

竜宮ホテルのロビーの、その暖炉のそばには、素敵なくりすますつりーが飾られています。きらきら光る色とりどりの丸い飾りや、ガラスがちかちかする明かりが、とても綺麗です。白いふわふわした綿が雪みたいです。

わたしはよく、ロビーのソファに座って、つりーを見ています。綺麗で、不思議で、いつまで見ていても飽きません。くりすますが終わったら、このつりーは倉庫にしまってしまうのですって。さみしいなと思います。

そのつりーは、風早ホテルのあの大きなくりすますつりーや植物園のもみの木さんとは違って、ひとの手で作られた、作り物のもみの木です。でも、作り物でも、とっても綺麗で、山にある本物のもみの木みたいに、生きているように見えるのです。枝が風に鳴る音が聞こえたり、りすや小鳥が、その上を飛び跳ねる、その足音や羽の音が聞こえそうな気がします。それから、風早ホテルのもみの木がうたっていたように、この作り物のもみの木も、うたいそうな気がするのです。くりすますの、歌を。

さんたさんとくりすますと、もみの木の関係が、わたしにはいまひとつよくわかりません。もしかして、ぱんだが竹を好きなように、妖怪のさんたさんも、もみの木が好きなのでしょうか?

わからないけれど、でも、くりすますつりーというものはとても美しいと思うのです。

今夜は、ここロビーと一階のコーヒーハウス、それに中庭を使って、竜宮ホテルのくりすますぱーてぃがあるそうです。温室のピアノが、今夜はロビーに移動してあります。怪我がよくなった愛理さんが、くりすますそんぐを弾いてくれるのだそうです。

草野先生は、今日は朝からずっとご馳走の準備で忙しそうです。あのひとは、有名な作家さんで役者さんなのだそうですけれど、今日は、料理人で、黒子というものになって、ぱーてぃの準備に燃えるのだそうです。

草野先生のお友達の安斎先生も訪ねていらっしゃいました。ぱーてぃにお呼ばれしてきたそうなのですが、お料理も上手なのだそうで、草野先生のお手伝いを買って出ていらっしゃったのです。でも、先にお手伝いをしていた寅彦お兄様と、いつの間にか喧嘩になって、いまはもう、なんのためにここに来たのかわからない感じになっています。

安斎先生は綺麗な女のひとといっしょにいらしたのですが、そのひとは奥様なのですって。あらあら、と困ったように旦那様を見ていらしたその方は、本がお好きだというので、さっきわたしはそうだと思って図書室におつれしました。『まあここには、綺麗な本がいっぱいあるわね』、って奥様は喜んでいました。お客様をおもてなしするのって、大切なことだと思うから、わたしはいいことをしたなと思いました。

ホテルに住んでいるひとたちは、手分けして、ぱーてぃの準備を始めていました。これはここ竜宮ホテルに住んでいる、みんなのくりすますぱーてぃなのです。みんながおもてなしをして、みんながお客様になるのです。

「子どもたちは、綺麗なお洋服を着て、ロビーで遊んでいてもいいよ」と、いろんなひとたちがいってくださるので、わたしとキャシーは、らいおんといっしょに、暖炉とつりーのそばにいました。

キャシーはさっきまで映画の撮影があって、ホテルに帰ってきたばかりなので、子どもなのにお化粧をしていて、いつもよりお姉さんに見えました。着ているお洋服も丈の長いドレスみたいなお洋服で、薄茶色の髪もまとめているので、バービー人形みたいでした。

さんたさんについて、今日思ったことを、彼女に話したら、キャシーはいいました。

「ひなぎくは、サンタクロースを信じているのか？　あれはおとなが作った作り話だぞ」

「えっ！」

「サンタクロースなんて、この世にいるものか」

「ええっ！」

「常識的に考えてみるのだ。空を飛ぶトナカイだの、その橇を操る太った老人だのなんているわけがない。そもそも全世界にいったい何億人の子どもがいると思うのだ。一晩くらいで、その子たちみんなにプレゼントを配りきることが出来る人間が、どうして実在できるというのだ？」

今夜のキャシーは上機嫌で、いつもよりもおしゃべりでした。ここにきてから少ししかたっていないのに、日本語を話すことに慣れて上手になったので、とても速くしゃべれるようになりました。最初にあった頃とはまるで別人のよう。

「でも」わたしは口ごもりました。

「お姉様も、寅彦お兄様も、日比木のお兄ちゃんだって、子どもの頃、くりすますにさんたさんからプレゼントをもらったことがあるって……」

「ふふん。そういうのは大概、その家のおとなが、サンタのふりをして、子どもの好きなものを寝ているうちに枕元に置いているのだ。おとなというものは、なぜだか昔から嘘つきで、自分の子どもが嘘を信じると嬉しがるのだ。子どもたちがサンタクロースを信じて、プレゼントを喜ぶ様子を見て、かわいい、なんて思うものなのだ。

そうして、そういうおとなからプレゼントをもらった元子どもは、おとなになると、今度は子どもをだましにかかるのだ。存在しないサンタクロースを信じさせようとする」

キャシーは、ふっと笑いました。

「まあ、正しい子どもとしては、そういうおとなたちの、子どもに対する幻想を、かわいい、なんて思ってあげるべきだろうとわたしは思うのだ。クリスマスの朝、枕元にプレゼントを発見したら、親がそこに置いたのだと知っていても知らないふりをして、『サンタさんからのプレゼントがあった！』と、純真な子どもらしく大喜びするのが、子どもとしてのつとめというものだと……」

キャシーは、ぎょっとしたように、わたしを見て、いいました。

「ひなぎく、なぜ泣いているのだ？　急にどこか、具合でも悪くなったか？」

「だって、だって」

わたしは泣きました。

「さんたさんが……いないなんて、いやだ」

そのひとの存在を知った秋からずっと、十二月を楽しみにしてきたのです。くりすますにそのひととあえるのが、いつのまにか、ほんとうのほんとうに楽しみになっていたのです。

子どもが大好きで、子どもにプレゼントを配る素敵な、謎の空飛ぶおじいさん。

そのひとが、ほんとうはいないなんて。

わたしは手を目に当てて、泣きました。

「わたしは妖怪の女の子だから、プレゼントはもらえないかも知れない、って心配してて……でも、お姉様が、ひなぎくちゃんはいい子だからきっともらえますよっていってくださって……ほんとうに、嬉しかったのに」

「ああ、うう、うう」

キャシーは困ったような声をあげました。

わたしの肩と背中をなでます。

そして、明るい声でいいました。

「すまなかった。いまのは嘘だ」

「――嘘？」

顔を上げると、キャシーは申し訳なさそうな笑顔になっていました。

わたしの顔をのぞき込んで、いいました。

「ひなぎくが、あんまりいい子だから、ちょっとからかってみただけなのだ。まんまとだまされるとは、ひなぎくは単純だなあ！」

「……キャシーの意地悪」

わたしは嬉しくて、でも、あふれる涙がもう止まらなくて、わんわんと泣きました。

すると、キャシーが、わたしに白いハンカチを差し出してくれました。

わたしがそのハンカチを受け取ると、なんとその手の中でハンカチは白い蝶になり、舞い上がったのです。

びっくりしたわたしがキャシーを振り返ると、キャシーはいつのまにか持っていた、綺麗な一輪の赤い薔薇を、わたしに渡してくれました。

「この薔薇は、わたしからひなぎくへの、クリスマスプレゼントだ」

すました顔で、でも優しい声でいいました。

「ひなぎく。わたしはマジシャン――魔法使いだ。魔法使いは嘘をつく。そういう職業だ。だから、だまされてはいけないのだよ」

わたしは鼻をすすり上げながら、薔薇を受け取りました。

くりすますつりーはきらきらと綺麗な光を灯しています。暖炉は明るく暖かく燃えています。

わたしの初めての人間の女の子のお友達は魔法使いで、そして、この街の夜空には、飛行機と一緒に、さんたくろーすが、となかいの引く橇に乗って、飛んでいるのです。

人間の世界は、魔法でいっぱいで——わたしは、この世界が大好きだ、と思いました。

そうして、これからお話しするのは、その夜にわたしが知らなかった物語。同じくりすますいぶの夜に、こんなことが起きていたのだと、あとになってか、知った物語です。

それはずうっとずうっと昔、何百年も昔のことです。日本にまだ、おさむらいやおひめさまがいたくらいに昔のこと。

ある年の冬、口減らしのために、山深くの洞窟に捨てられた人間の子どもたちがいました。近くにあった小さな村の子どもたちが、捨てられたのです。

痩せた土地の、水も乾いた大地に、貼りつくようにして暮らしていた人々の住む、小さな村。その頃、その村に住んでいたひとたちはほんとうに貧しかったので、子どもを育てることが出来なかったのです。冬になり、穀物も獣の肉も、蓄えが底をつき、村中みんなが飢え死にするよりは、と、泣く泣く子どもたちを山に捨てたのでした。

捨てられた子どもたちは、家族を飢えさせないために、洞窟から家に帰りませんでした。山奥に捨てられたとはいっても、山を庭のように駆けまわって育った子どもたち。ほんとうならすぐにでも家に帰れたのに、みんなただ泣きながら洞窟にこもり、飢えと渇きを耐えたのです。

そこは妖怪の隠れ里のすぐそばでした。そう、わたしひなぎくの故郷。わたしがうまれ育ったあの里のすぐそばで遠い昔に起きた出来事でした。哀れに思った妖怪たち――わたしのご先祖さまたちは、子どもたちを助けようとしました。ひととは違うその姿を驚かれ怯えられながらも、凍った川から魚を捕ってきてやり、あたたかな藁《わら》を洞窟に届けてやりました。人間の子どもたちが何を喜ぶのかいまひとつわからなかったので、隠れ里に咲いている花を届け、草の実や木の実を届けてやりました。

隠れ里に、子どもたちを呼ぼう、といったものもいました。けれど、滅び行く妖怪たちが暮らすための、大事な隠れ里です。ひとの子をつれてくるなどとんでもない、というものが多かったのでした。

子どもたちは飢えていたので、妖怪たちが届けたものをすべて食べ、食べ尽くしました。魚と花と草や木の実を食べました。藁までも口にしました。そして子どもたちは、寒さの中であっけなく死んでゆきました。泣きながら、妖怪たちに感謝しながら、凍る洞窟の中で、からだを小さく丸めて、死んでいったのです。

妖怪たちは、子どもたちを助けることが出来なかったのでした。

もしかしたら、子どもたちは、捨てられたのでなければ、生きられたのかも知れません。春まで生き延びることが出来たら、死なずにすんでいたのかも。でも、もう帰ってくるなと親に捨てられた子どもたちは、たぶんもう、生きることをあきらめてしまったのです。

春が来ました。雪で埋まった洞窟にも、光が差し込むようになりました。子どもたちのその亡骸からは、やがて草が生えました。おなかの中にあった、木の実草の実から、緑が生まれてきたのです。

洞窟の中には、小さな森のような、不思議な場所ができました。そして、やがてそこから、草でできた緑色の巨人がひとりうまれ、外へと這い出てきたのです。

粘土細工のような生き物でした。小鳥や動物に優しく、その不格好な腕を伸ばして遊んでやりました。のんびりと山を歩きながら、悲しげな声でたまにほうほう、と啼《な》きました。

子どもたちの魂は、寄り集まって妖怪になりました。緑の巨人、何も口にしなくても生きていける、里に帰らなくてもさみしくない、そういう生き物になったのです。

巨人はそれから長く長く生きました。ぼんやりとしか過去のことを覚えていませんでした。自分が昔、人間の子どもだったことも忘れて、ただ野山でふらふらと、小鳥や動物たちと戯れながら、百年も二百年も生き続けていたのです。――そう、現代までも。もはや彼らの家族はみな年老いて死んでしまい、くらしていた村の名は忘れられ、村そのものもなくなっていました。

隠れ里の妖怪たちは、緑の巨人を不憫に思い、山であえば話しかけてやったりしていました。わたし、ひなぎくも、その優しい巨人が好きでした。何を話すわけでもなしに、いっしょに沈む夕日を見たり、のんびりと山を散歩したりしていたのです。

わたしは、幼い妖怪たちに懐かれて、面倒を見ることが好きでした。そのせいなのでしょうか。緑の巨人は、わたしになぜかひときわ懐いていました。お姉さん、お姉さん、と、そう言葉にすることは出来なくても、おうおう、とわたしに呼びかけながら、あとをついてきたことが何回もありました。

六月。わたしは、ひとの街へと旅立ちました。

響呼お姉様を探すためです。

緑の巨人は、わたしの行方を探し、山中を歩き回りました。どこにもいないとわかると、仕方なしに、帰りを待っていたそうです。山に腰を下ろし、わたしが帰ってきそうな麓《ふもと》の方を向いて、ずっと座っていたそうです。

でも、わたしは帰ってきませんでした。

巨人はある日、そこを立ち上がり、麓へ——ひとの住む街を目指して、歩き始めました。

歩みはとても遅かったので、山を下りてゆくだけで一月も二月もかかりました。平野に立ち、街の明かりを見たときは三月たっていました。歩きはじめたときは初夏だったのに、気づくと季節は秋。紅葉にとりまかれていました。

都会の文明の明かりは、あやかしである巨人の身を焼きました。街に近づくごとに、少しずつその緑の皮膚ははげ、ぼろぼろになってゆきました。

足も、腰も、腕も崩れてゆき、やがて巨人はその場に倒れました。

滅びていきながら、土に戻っていきながら、巨人は啼きました。

その身のうちの、いにしえの子どもたちの魂が泣いたのです。近づいてくる、ひとの街の明かりを見ながら。——遠い昔、自分たちを捨てていった親たちのことを思って。

子どもたちは、親に会いたいと泣きました。

あの冬は、寂しかった、辛かった。寒かった、幸せになりたかった、と泣きました。

ほんとうは家に帰りたかったのだ、と。

人知れず、悲しい妖怪は都会のそばで頽《くずお》れました。誰にも気づかれないままに。

そして十二月二十四日、くりすますいぶの夜。

外は冷えて、冷たい風が吹いていましたけれど、わたし、ひなぎくのいる竜宮ホテルは、くりすますつりーの色とりどりの明かりと、暖炉の炎の暖かさ、天井から降りそそぐ、シャンデリアの明るい光に包まれていました。

光に包まれたロビーで、コーヒーハウスで、わたしたちが美味しいご馳走を食べ、笑いあっていた頃、空からは、白い雪が降り始めました。ほわいとくりすますだね、と、誰かが嬉しそうにいったのを覚えています。

ちょうどその同じ頃、風早の街のそばの平野で、もはや形の残っていない姿で崩れ倒れていた緑の巨人は、雪に埋もれながら、静かに目を覚ましました。

緑の巨人だったものは、街のそばで倒れているうちに、少しずつ、ひとの子どもだった頃の記憶を取り戻していました。

街から吹く風に紛れて聞こえてくる、いつの時代も変わらない街の気配――ひとの楽しげな笑い声、歌声や楽器の音を聞き、煮炊きの匂いや、赤ん坊の飲む乳の匂いをかぐうちに、忘れていた、ひとの子として生きていた頃のことを思いだしていたのでした。

家に帰りたい、と、子どもたちは思いました。お父さんやお母さん、きょうだいにあいたい、と。


降る雪の中で、その体は雪と氷の欠片になりました。風に舞う雪花となりました。

長い長い年月の末、いまがいつかもわからなくなっていました。村がどこにあるのかも、どこに帰りたいのかもわからなくなっていました。ただひとのぬくもりを求め、明るい街の、光の中に帰りたくて、子どもたちの魂は、街へと飛びました。

くりすますの歌が流れる、色とりどりの明かりが灯る、輝く夜の街へと。

家の中で嬉しそうに笑っている家族たちの、その幸せそうな様子を、窓ごしに見て、それぞれの家の明かりへと舞ってゆき、そこで溶けていきました。

換気のために少しだけ開けた窓の隙間から、舞い込んだ雪の欠片がありました。それは実は、あやかしになった、昔の子どもの魂の欠片。

その欠片は、あたたかな光があふれる家に、開いた窓から入り、赤ちゃんのふわふわの白い服の襟元にとまりました。雪の結晶は、まるで小さな小さなブローチのよう。得意げにきらめいて、その家のお母さんに、綺麗ね、といわれました。そうして嬉しくなって、そのまま溶けてゆきました。

そしてまた、ある家で。白く曇った窓ガラスにとまった、雪の欠片がありました。

その家の小さい子どもが、その雪の欠片は、特別なものだと気付きました。

まだ言葉もよくしゃべれないような、小さな子どもでしたけれど、背を伸ばし、窓を開けて、雪の欠片を、優しく中に入れてくれました。

自分が食べていた、甘くて柔らかなケーキを、あやかしになった子どもにわけてくれました。

あやかしの子は、その魂の欠片は、甘いお菓子が嬉しくて、何よりも、その子が自分を見つけてくれたことが嬉しくて、あたたかい部屋の中で、静かに溶けてゆきました。

小さな子どものお母さんは、自分の子どもが誰と話しているのか、わかりませんでした。いつもの、見えない友達と遊んでいるのね、と思いました。

遠い昔の日本の、名前も忘れられた小さい村の、寂しかった子どもたちの魂は、街の明かりに溶け、それぞれに街の人々の幸せを祈る、小さな光となりました。あたたかな空気の中に、幸せな想いだけ抱いて、溶けていきました。

誰にも知られないまま、気付かれないままに、この世界から、静かに消えて行きました。

光り輝く街の、明るい場所で冬を過ごすことが出来る、いまの時代の子どもたちの幸福を、小さな心の欠片たちは、祈りました。最後に残ったひとしとしての心でそうしたのです。

いま消えて行こうとする彼らの耳に、空からかすかな鈴の音が聞こえました。

赤い衣の老人が、楽しげに笑う声を聞き、銀色に光る橇が空を駆けるところを最後に見たような気がするのだけれど、あれは何だろうと思うだけの時間もなく、子どもたちの魂は、幸せな想いとともに、澄んだ夜風に溶けてゆきました。

わたしはそのとき、誰か子どもたちの幸せそうな笑い声を聞いたような気がしました。遠くで、誰か小さな子どもたちに、お姉さん、と呼ばれたような。知っている誰かの声のような気もしたけれど、わかりません。思い出せませんでした。わたしは首をかしげ、そして、大好きなホテルのひとたちとのおしゃべりに戻ったのでした。

窓の外に降りしきる、きれいな、白い雪を見ながら、ふと思いました。

わたしがいま、こんなに楽しくて幸せなように、みんなが幸せならいいな、と。

わたしが知っている、いろんなひとたちも。

それから、わたしが知らない、いろんなひとたちも。妖怪も。そして人間も。犬も猫も、小鳥も。魚も、いろんな動物たちも。

みんながみんな、幸せならいいなあ、と。

竜宮ホテルのコーヒーハウス『玉手箱』で、わたしは、いま幸せな、あたたかい夜を過ごしながら、父さんのことを思った。

今夜は、そのひとから贈られた、虹色に輝く花のブローチを胸元に飾っていたので、それが放つ光を見たとき、そのひとを懐かしく思い出したのだ。

そして、ふいに気づいた。優しかった父さんは亡くなったけれど、その思いは消えず、いまも、この世界に残っているのだなあ、と。

ひなぎくと父さんが出会ったことで、隠れ里にあった薬草の本とそこにあったいにしえのあやかしたちの知識は、ひとの世界へとたどり着いた。

日比木くんの手を通して、知識は遠い未来へと渡った。その知識は、彼を、そして未来に生きる人々の命を救うかも知れないという。

それは、父さん自身の手で、たくさんのひとを救うのと同じことではないのだろうか。

生前の父さんが地上を旅しながら行っていた、尊い仕事と同じに。

父さんの願いと信念は、未来へと続いていく。まるでそのひと自身が未来へと旅してゆくように。

そのひとは思いがけない事故で、その命を失った。けれど、そんな父さんの生涯は、不幸に終わったとはいえないのかも知れない、とわたしは思う。

そういえば、むしろ父さんは怒るのかも。


コーヒーハウスの、大きな窓の向こうでは、降る雪が明るく光を跳ね返す。

愛理が白いピアノで奏でるクリスマスソングは、まるで光を綴り合わせて出来た旋律のように、澄んで明るくホテルの中に響き渡る。

今宵集うホテルの住人たちはみな楽しげで、さざめく笑い声の中で、わたしは思った。

ひとの命は儚く、永遠にあるものではないけれど。

ひととき誰かと楽しい時を過ごし、この幸せな時が永遠に続けば良いと願っても、その願いはけっして叶えられないとしても。——そして。

ここに集うみなが、いつかはきっと別れてしまうと、それぞれにわかっているとしても。

それでもわたしたちは、いま、ここにいる。

いま、この地球の上にたしかに生きていて、同じ大気を呼吸している。

誰も、とどまることは出来ない。すべてが移り変わり、別れ、消えてゆく。

けれど、ひとの心は――その思いは、消え去ったりはしないのかも知れない。――だって、父さんの思いは、望みは、いまもこの世界にあり、未来へと生き続けているのだから。

優しい魔法のように、父さんの思いは、この世界を守ってゆく。その大きな手で包み込むように。

父さんは、この世界にもういないけれど、もうあえないけれど、でも、ずっとそばにいる。わたしと一緒に、この世界にいてくれる。

わたしはそっと微笑んだ。

人間は、魔法を使えないかもしれない。けれどきっと、ささやかな願いや、美しい祈りを未来に伝えていくことは出来る。

遠い時の果てで、わたしたちの祈りは、未来の誰かを寒さから救い、その涙を乾かし、ふたたび微笑みを取り戻すための力になれるのかも知れない。

言葉は、傷を覆う薬になり、凍える体をふんわりと包む、優しい羽毛になるのかも知れない。

わたしの残したささやかな物語を、遠い未来の荒廃した日本で、日比木くんが喜び、その心の支えにしたように。

（言葉は、宇宙に残る……）

だからわたしたちは祈る。そっと空に、星に願い事を託すのだ。

空を見上げて。星が灯るように輝く、この地上から。

街――わたしたちが生きる、大切なこの場所から。

寅彦さんや満ちる先生と笑いあい、乾杯を繰り返しつつわたしは思う。

今宵、クリスマスの街は光に包まれ、雪の中で幸せそうに輝いているだろう。

メリークリスマス。そっと、つぶやいた。

空に鈴の音が流れる今宵、みんなが幸せでありますように。

幸せで、ありますように。


「はーい、みなさんこちらを向いて！」

カメラ係を買ってでている日比木くんが、カメラを手に住人たちに呼びかける。

「さあ、いい笑顔で！」

カメラマンが誰よりもいい笑顔だった。コンシェルジュの三島さんも同じことを思ったのだろう。わたしと目があうと、口元に優しげな笑みを浮かべた。

ひなぎくが駆けよってくる。わたしは彼女の肩に手を置き、そしてみんなと一緒にカメラを見た。たぶんとても幸せそうな笑顔で。

あとがき

お待たせいたしました。『竜宮ホテル　魔法の夜』竜宮ホテルシリーズの第二巻です。

今回は丸ごと一冊クリスマスです。ホリデーシーズンに贈る、竜宮ホテルのクリスマス。冬のひととき、あのホテルにつかの間滞在して、登場人物たちと同じ時を楽しむような、そんな気持ちになっていただけたらな、と思って描きました。この時期にふさわしい、きらきらした情景や美しいものたちを、彼女たちとともに楽しみ、笑ったりちょっと泣いたり、どきどきしたり少しだけ怖かったり――そんな時間を、わたしから皆様へのささやかな贈り物にできたらいいな、と思いました。どうかお気に召しますように。

なお、この物語は、徳間文庫版の『竜宮ホテル』から続いている物語になっています。あの本には、ひなぎく視点の、ホテルの秋の物語が収録されておりまして、今回は物語の流れとしては、その続きの本になっているのです。

だけれど、以前出版された、三笠書房 f-Clan 文庫『竜宮ホテル　迷い猫』をお持ちの方で、その続きを求めて、この本を手にした方もいらっしゃるかと思います。そういう方々のために、前の方のページに登場人物紹介をつけていただきました。徳間文庫版一巻の短編から登場した新しいホテルの住人については、そこを読んでいただければ、ご理解いただけるのではないかと思います。

クリスマスは、子どもの頃はもちろん好きだったのですが、おとなになってからさらに好きになりました。むしろ、年をとるごとに年々好きになってくるような気がします。

わたしは昔、サンタクロースは存在するはずがないと主張するタイプの子どもでした。いつまでもサンタクロースを信じ続けるクラスメートたちを横目で見ては、子どもっぽーい、と、心の中で笑っていた、かわいくない子どもがわたしです。

けれど、彼ら彼女らがサンタクロースを本気で信じることができたということの裏側には、身近に本気になって、その存在を信じさせた大人たちがいたということで――そういう子どもたちが内心うらやましかった、その気持ちも覚えています。

たぶんわたしは、サンタクロースを信じたい子どもだったのでしょう。

国境に関係なく、世界中の子どもを愛し、陽気な笑い声をあげながら、冬の一夜、鈴の音を鳴らすトナカイの橇《そり》を御《ぎょ》してはるかな旅をする。そんな老人が実在するとしたら、それはなんと素敵なことなのだろうと——今も昔も、わたしは心のどこかで憧れています。

十二月は、日常の中で忘れがちになっている、ファンタジーがよみがえる季節。陽気な笑い声とともに、赤い服の謎の老人が、今年もこの世界に帰ってきたよ、と、声を上げる月。わたしは子ども時代からいまに至るまで繰り返してきた十二月を思い、子ども時代のあの冬を、両親が枕元においてくれたプレゼントを思い出し、冬の朝目覚めたときの胸弾む気持ちを思い出すのです。

本気でだましてまではくれなかった両親でしたが、枕元のプレゼントだけは、置いてくれていました。まるでサンタクロースの代理のように。

十二月になるごとに、わたしの心の一部は子どもに戻り、あの時代の冬を幻視し、その時の中に生きます。いまおとなとして現在を生きる、わたしとともにそこにいます。

そして作家になったわたしは、サンタクロースが空を駆ける夜の物語を書くのです。だましてもらえなかった子ども時代への楽しい意趣返しのように、笑みを浮かべながら、そういう物語を書くのです。

ところで、この本の中のクリスマスは、今年二〇一三年ではなく、二〇一一年のものになります。ことさらにそれを前面に出してはいませんが、実は少しだけ過去の日本の物語です。二〇一一年にわたしの心の中で生まれ、当時の三笠書房の担当編集者Nさんと話すうちに完成していた物語ですので、今年の物語として書くことはできませんでした。

満ちる先生が使いこなしているタブレットは、今年の暮れですと、国産のAndroidタブレットのどれかじゃないかと思うのですが（東芝のAT703あたり？）、二〇一一年冬のお話なので、あれはiPadです。響呼の使っているPCのOSはWindows7です。その程度のことだけが、数年の違いを表しているような気もしますが、わたしが気づかないどこかで、小さな違いがあるのかもしれません。

最後になりましたが、今回も魅了されるような表紙の絵を描いてくださった遠田志帆さん。ありがとうございます。愛理がいま地上に生まれたような、そんな気がしています。

装幀のブックウォールさん。今回も美しい本に仕上げてくださって、感謝しています。

校正と校閲の鷗来堂さん。今年は年の初めの本も最後の本も、お世話になりました。来年からもまた、末永くお世話になりたいと思っております。ありがとうございました。

そして、徳間書店の担当編集者Ｏさん。今回も全体の舵取り役、お疲れ様でした。

二〇一三年十一月十一日　今年もまた街に美しい明かりが灯り、サンタを迎える装いになっている頃に

村山早紀

この作品は徳間文庫のために書下されました。
なお本作品はフィクションであり実在の個人・団体などとは一切関係がありません。

徳間文庫

竜宮ホテル

魔《ま》法《ほう》の夜《よる》

2013年12月15日 初刷

著者 村《むら》山《やま》早《さ》紀《き》

発行者 平野健一

発行所 東京都港区芝大門二―二―二〒105―8055
株式会社徳間書店

電話 編集〇三(五四〇三)四三四九
販売〇四八(四五一)五九六〇

振替 〇〇一四〇―〇―四四三九二

印刷
製本 株式会社廣済堂

ISBN978-4-19-893775-1 (乱丁、落丁本はお取りかえいたします)